Eclips

Ander werk van J. Bernlef

Constantijn Huygensprijs 1985

* *Achterhoedegevecht* (voorheen *Stukjes en beetjes*, roman, 1965)
* *Sneeuw* (roman, 1973)
* *De man in het midden* (roman, 1976)
Gedichten 1960-1970 (1977)
* *Anekdotes uit een zijstraat* (verhalen, 1978)
* *Onder ijsbergen* (roman, 1981)
° *Hersenschimmen* (roman, 1984) Diepzeeprijs 1989
Wolftoon (gedichten 1986)
° *Publiek geheim* (roman, 1987) AKO Literatuur Prijs 1987
Op het noorden (essays, 1987)
Gedichten 1970-1980 (1988)
Geestgronden (gedichten, 1988)
Vallende ster (novelle, 1989)
De noodzakelijke engel (gedichten, 1990)
Samen met G. Brands en K. Schippers *Barbarberalfabet Teksten 1958-1989* (1990)
Doorgaande reizigers (verhalen, 1990)
Verborgen helden (verhalen, 1991)
Ontroeringen (essays, 1991)
De witte stad (roman, 1992)
Niemand wint (gedichten, 1992)

* Salamander
° ook als Salamander

J. Bernlef *Eclips*

Amsterdam

Em. Querido's Uitgeverij B.V.

1993

Eerste, tweede en derde druk, 1993.

ISBN 90 214 5209 X / CIP / NUGI 300

1

Ik moet naar rechts, van de weg af. Omdat de linkerkant van de wereld verdwenen is, plotseling weg. Daarom moet ik wel naar rechts, de kaarsrechte vaart in. De achterbumper slaat met een harde klap op de wallekant. Dan begint het zinken.

Zolang ik maar naar rechts blijf kijken ben ik niet eens zo bang, niet verlamd van schrik of paniek, zoals daarnet nog. Ik hoor hoe het water zich gorgelend en slobberend boven het autodak sluit. Dan begint het modderig langs de portierstrips en vanuit de vloer naar binnen te borrelen.

Water dat binnenstroomt, langzaam en toch snel. Ik staar ernaar met een vreemd gevoel in de rechterhelft van mijn hoofd. Alsof de schedelinhoud daar oplicht. Misschien komt het omdat de zuurstof langzaam maar zeker plaats maakt voor het stijgende, donkere water dat nu al tot boven mijn knie komt (waar is de andere knie)?

Moet eruit. Kom eruit. Ik zal. Een binnenstem zegt mij dat. Je komt eruit! Wacht alleen tot het water nog hoger staat, de druk binnen en buiten ongeveer gelijk is.

Ik schuif van achter het stuur op de stoel ernaast. Ondertussen gaat mijn denken door, maar buiten mij om lijkt wel, alsof het een zelfstandig mechanisme is geworden.

Het water klokt nu onder mijn hals. Schuin beneden mij zie ik door de troebelheid de zilverwitte portierkruk. Met alles wat ik aan gewicht in mij heb laat ik mij tegen het portier aan zakken, zwik zo de kruk omlaag. Het portier geeft mee. Met stijf gesloten ogen wurm ik mij kronkelend door de halfopen autodeur naar buiten.

Een ogenblik hang ik scheef in het water, dan merk ik dat ik begin te stijgen. Mijn rechterbeen en -arm bewegen, trappelen, graaien. Dan voel ik dat ik boven water ben en doe mijn ogen open. Daar is de wereld! Vlakbij steekt een steiger het water in, laag genoeg om er mij zo direct aan vast te grijpen, me omhoog te hijsen.

Nu merk ik wat ik zoëven al meende te voelen: er is daar aan de linkerkant niets meer; geen wereld maar ook geen lichaam. Toch hoor ik uit die richting, ergens schuin van boven, het geluid van voorbij zoevende auto's. Gelukkig dat de rechterkant van mijn lichaam mij niet in de steek heeft gelaten. Ik heb het gevoel dat dat deel zelfs sterker is dan anders. Mijn rechtervoet vindt houvast tegen een paal, de hand grijpt een ijzeren bootring, ergens in het midden van de steiger. Ze duwen en sjorren, die twee, het been en de hand. Mijn borstkas schuurt over het ruwe hout. Mijn hoofd en mijn hart bonzen. Ik hijg, moet hoesten van het modderige water dat ik binnen gekregen heb. Maar het lukt! Ik kom eruit, centimeter voor centimeter sjorren krachten in het rechterdeel van mijn lichaam mij schuin omhoog. Mijn rechtervoet steunt nu op een uitstekende richel, zet zich af en schuift mij languit op mijn buik de steiger op. Met mijn laatste inspanning rol ik mij op mijn rug.

Ik ruik het gronderige water van de vaart onder mij, hoor het kwaken van een eend, maar kan het geluid niet lokaliseren. Ik adem diep in en uit. Boven mij staat een hardblauwe lucht vol wolken. De wolken drijven voorbij en houden dan opeens op te bestaan. Ik kijk ze na tot ze naar links in het niets wegvallen. Ik sluit mijn ogen. Mijn hoofd rolt als vanzelf naar rechts.

Ik moet geslapen hebben. Of was ik soms bewusteloos? Het lijkt minder licht om mij heen. Mijn blik is op de wallekant gericht. Graspollen, slangekruid, het laatste roze bloemetje maar half bestaand, als met een schaar in de lengte doorgeknipt. Ergens loeit een koe en weer heb ik geen idee waar dit 'ergens' zich ten opzichte van mij bevindt. Geluiden lijken niet langer uit een bepaalde richting te komen, een bron te hebben. Met moeite kom ik overeind, schuif op mijn ene bil over de planken. Dat wil zeggen, de rechterkant van mijn lijf doet dat, dat kan ik voelen.

Links is niets, daar houdt mijn lichaam halverwege op, al kan ik niet bepalen waar de grens precies loopt. Begrijpen doe ik het niet. Misschien later. Nu eerst kijken of ik nog kan staan, kan lopen, niets gebroken heb. Pijn voel ik nergens. Over het linkerdeel ontbreken alle gegevens. Toch moet dat nog ergens zijn.

Op mijn vlakke rechterhand steunend richt ik mij licht wankelend op. Grasland. En daar niet ver achter een hoog ijzeren hek rond een terrein vol opgestapelde eigele kratten. Misschien dat daar iemand is, iemand die ik iets kan vragen.

Ik stap op de kant. Het gaat raar en waggelend. Ik wankel alsof ik een stuurafwijking heb, trek steeds maar weer naar rechts, waar het veiliger lijkt, zo ver mogelijk van die rand vandaan waarachter alleen geluid bestaat.

Ik wil naar dat in de zon glimmende stuk hek toe, maar mijn lichaam (of wat daarvan over is) trekt mij zijn eigen kant op. Nu is het hek weg; opgeslokt.

Was er maar een kamer, een stoel, vier muren om mij heen. Niet deze alleen door geluiden bepaalde ruimte, deze stuurloosheid die mij aanvreet. Ik voel mij een vastgelopen roer.

Zal ik weer gaan liggen? Nee, ik moet voort, in beweging blijven, mij ergens zien heen te slepen.

Het gras verandert onder mijn voet opeens in steenslag. Ik kijk naar het geluid dat mijn schoen op het gruis maakt, blijf bewegen, sleur mij voort.

Een betonnen pui dringt zich op, een muur vol vierkante ramen waarachter stalen bureaus staan. Opeens bevind ik mij er pal voor (al is een ander deel van de pui nu verdwenen), zonder dat ik precies weet hoe ik de afstand heb overbrugd. Het gebouw is niet geleidelijk in de tijd dichterbij gekomen, maar als het ware pardoes voor mijn neus gezet. Waar is de rest gebleven?

De bureaus liggen vol mappen en stapels papieren. Witte telefoons. Aan de muren wandkalenders vol rijen strakke zwarte cijfers.

Er is niemand te zien. Buiten kantoortijd, zondag misschien? Ik loop voorzichtig naar de glazen toegangsdeuren. In de portiersloge ligt een opengeslagen krant op tafel, te veraf om de koppen te kunnen lezen. Ik draai rechtsom en laat mij voorzichtig door mijn knie zakken, net zolang tot mijn natte bil de stoep van de entree voelt. Een gronderige slootlucht stijgt uit mij op, alsof ik een tijd onder de grond heb gelegen.

Toch moet ik eens proberen naar links op te schuiven,

daar binnen te dringen. Of deugt dat hele concept niet meer? (Ik heb eerlijk gezegd sterk die indruk.)

Tot mijn verbazing constateer ik dat dat helemaal niet meer kan, naar links. Ik kan nog wel over links, over een linkerkant nadenken, maar hij materialiseert zich niet meer. Of is daar geen lichaam meer dat de wereld in ontvangst kan nemen. Contact is in ieder geval onmogelijk geworden. Ik neig tot de conclusie dat er binnen in mij iets niet in orde is, verschoven of zo. Wat is daar precies gebeurd. En hoe ben ik hier beland en waarom zo nat?

Plotseling moet ik huilen, iets diep in mij begint hartverscheurend te janken, onbeheerst als een wild dier. Ik bijt hard in mijn hand, de ene die ik nog ter beschikking heb, in de hoop dat de pijn het huilen zal doen ophouden. Dat werkt. Het snikken bedaart, ebt dan naschokkend in mijn rechterborst weg.

'Wat doet u hier?'

Ik schrik hevig. Zo vlug als ik kan krabbel ik warrelend om mijn as overeind.

Ik hoor een mannenstem, maar zie niets. Ik draai mijn hoofd nog verder naar rechts. Weer die stem. Waar vandaan?

'Hoe heet u?'

Steeds verder draai ik mij naar rechts tot een hand mij van achteren vastpakt en met een ruk omdraait.

Daar staat een magere lange jongen in een donker uniform. Hij draagt een pet met een goudglanzend embleem boven de klep. Nu zie ik zijn dunne lippen bewegen, zijn kleine tanden, terwijl hij zijn vraag herhaalt. Ik hoor het ongeduld in zijn stem. Waarom geef ik ook niet direct antwoord? Wat houdt mij tegen?

'Ja ziet u, dat komt, ik weet het zelf ook op dit moment nog precies zo, zo precies nog, zo niet. Ook. Precies. Precies bedoel. Juist, precies bedoel. Dat.'

Maar dat bedoel ik helemaal niet. Daarom ben ik blij dat hij zijn vraag nog een keer herhaalt, al is zijn linker gezichtshelft nu weggevallen en trekt hij met het restant ervan een bits gezicht.

'Je naam,' roept hij. 'Sta mij hier niet te belazeren. Ik heb nog wel wat anders te doen.'

'Tja, misschien gek.'

Weer zo'n van de zaak afleidend begin.

'Neemt u mij geen excuus,' zeg ik. 'Beroep, geboorteplaats. Dat. Ik weet wel waar u op aanvaart. Mijn identiteit. Ten alle tijd. Helaas heb ik geen papier om deze feiten op te boekstaven. Mijn reputatie wilt u weten, hoe ik door vader en moeder lang geleden werd benoemd.'

Ik voel hoe ik een kleur krijg van al dit gestuntel waar ik zelf bij sta notabene. Voor aap. Ik lijk wel debiel.

'Mijn faam!' Weer stok ik. 'Iets in die geest of richting toch,' veronderstel ik aarzelend tegen de jongeman die aan zijn linker oorlelletje trekt (voor mij rechts dus). 'Haas heeft er zijdelings mee te maken,' voeg ik eraan toe, verontschuldigend en meer tot mijzelf dan tot de geüniformeerde jongeman, die nu zo woedend wordt dat hij begint te schreeuwen.

'Jaja,' grauwt hij. 'Jouw naam is haas natuurlijk.'

'Zeker. Naam. Precies! Dat ik niet eerder. Dat was het. Jaja. Nabij en toch veraf. Klaarblijkelijk zo.'

'Ouwehoer. Neem mij een beetje in de zeik.' Hij grijpt mij vast en duwt mij voor zich uit. Vanuit mijn rechter ooghoek zie ik zijn hand die mijn arm in een ijzeren greep houdt. De rest van hem bevindt zich in een niemandsland van waaruit ik hem van vlakbij hoor hijgen en blazen.

'Gatverdamme. Je stinkt als een otter man. Laat ik je hier niet meer zien!'

Hij geeft mij een duw (gelukkig naar rechts) de wereld in, een verharde weg op, die ik op een sukkeldrafje begin af te struikelen.

...

Onder een rij ruiselende populieren blijf ik staan. Beter om hier aan de kant van de weg even te gaan liggen. In de zachte berm. Nadenken. Dat gaat nog wel gelukkig.

Er is iets vreselijks gebeurd. De wereld lijkt mij half opgevreten te hebben. En weer moet ik huilen, onbedaarlijk. Mijn hand klauwt rond tussen hoge grashalmen. Waar is mijn andere hand gebleven?

Ook met mijn spreken is iets aan de hand. En mijn naam? Geen idee waar die gebleven kan zijn, ik moet er toch een gehad hebben, eens? Zonder naam kun je niet onder de mensen komen. Daar had die jongeman wel gelijk in, al leek hij me verder nogal dom. Ongeduldig zoals de meeste jonge mensen. Eenvoudige vragen stelde hij, waarop ik toch het antwoord schuldig moest blijven; ik wist het wel, maar kon het niet geven.

Ik luister naar de bladeren boven mij, slissend en ritselend. Ik moet niet te lang blijven liggen hier met al die natte kleren aan mijn lijf. Ik moet verder, weg van dit terrein, dat kennelijk verboden gebied is, op zoek naar een veiliger oord. Als ik dat eenmaal gevonden heb kan ik beginnen mezelf te herinneren. Om te beginnen hoe ik heet. Zoals je moeder je riep vanuit het raam. Als het etenstijd was. Binnenkomen! Ik herinner mij haar stem. Licht en in de hoogte overslaand. Binnenkomen! En dan? Kom, hoe noemde mijn moeder me toch ook alweer?

Dan houdt de weg plotseling op. Ik zie een hek en klim eroverheen. Dat denk ik te doen tenminste. Halverwege weigert mijn lichaam zich bij gebrek aan interne balans en overzicht in evenwicht te houden. Ik val om en rol op de grond. En in een flits zie ik hoe de wereld in scheervlucht aan mij voorbij tolt, de ruimte weer even helemaal om mij heen sluit.

Ik krabbel overeind en herhaal het experiment. Langzaam draai ik rechts om mijn as. Een boerderij met een rijtje geknotte wilgen voor op het erf maakt plaats voor een halfronde plaatijzeren loods vol grillige roestplekken. Dan volgt een hoog wit gebouw met een vlaggestok in een vierkant kortgeschoren gazon ervoor. Ik draai mijzelf langzaam verder. Een complex volkstuintjes komt stukje bij beetje te voorschijn. Van oude planken in elkaar getimmerde optrekjes aan de rand van bloem- of groentebedden. Nergens een mens te bekennen. Dan keert de boerderij in mijn gezichtsveld terug. Hij is er dus wel degelijk de hele tijd geweest, op een vaste plek. Ligt dus aan mij, niet aan de wereld, dat ik hem niet in het vizier kan houden. De wereld bestaat buiten mij om, als een blijvend geheel. Belachelijk dat ik dat voor mijzelf meen te moeten bewijzen, dat ik me zo opgelucht voel bij de vaststelling van deze evidentie. Belachelijk! Alleen zou ik voortdurend in de rondte moeten blijven draaien om haar steeds als één geheel te ervaren. Op die manier zou ik nooit meer vooruitkomen. Ik moet dus een keuze maken.

Weer draai ik langzaam om mijn as tot de volkstuintjes opduiken, de houten huisjes, de perken en bloembedden, die mij vriendelijker, uitnodigender voorkomen dan de boerderij met de rij knotwilgen of het hoge witte gebouw met zijn strakke gazon en vlaggestok. Ik loop door tot ergens in het midden van het volkstuinencomplex (dat schat ik tenminste). In het midden is het veiliger dan aan de rand. De meeste huisjes zijn op slot, maar van een hangt het slot er los bij, ik kan het zo wegnemen.

Het ruikt erbinnen naar zaagsel. Ik ga aan een tafel zitten en kijk door een klein vuil raam vol bruine vliegespikkels.

De schuur in Koog aan de Zaan had net zo'n raam. Zou ik daar soms zijn. Bij ome Daan. Ome Daan de bakker? Ik weet dus nog wel namen, namen van anderen, alleen de mijne niet. Maar die vind ik wel terug. Ik herinner me dat ik niet zo'n ingewikkelde naam heb. Vier letters maar. Twee dezelfde klinkers ingesloten door twee medeklinkers. Zo iets als Daan, maar dan anders. En een wat langere achternaam: twee lettergrepen. Ik zie ze als grijze veegjes voor mijn geestesoog.

In de hoek naast de deur ligt een hoge stapel kranten. Ik sta op en pak er een paar vanaf, loop achteruit en spreid ze op tafel uit. Ik blader een krant door tot aan de overlijdensadvertenties, die ik herken aan hun zwarte rouwranden. Binnen die zwarte kaders staan namen, namen van overledenen. Als ik een bladzij omsla verdwijnt hij, alsof iemand daar links mij hem uit handen neemt. Had ik nog maar een linkerhand.

Er is niets met mijn ogen aan de hand en de letters zijn vet en zwart. Maar toch, lezen kan ik ze niet. Ik kan groepjes letters onderscheiden maar ze willen me niets meer vertellen. Losse zwarte tekentjes zijn het geworden, in groepjes bijeenscholend. Samen vormen ze zinnen, een verhaal. Ik weet hoe dat werkt, maar iets of iemand onthoudt mij het toepassen van deze kennis op de tekst voor mij. Ik schuif de krant naar de uiterst rechter hoek van het tafelblad, hopend dat de betekenis vandaar beter tot mij door zal dringen, maar ook dat helpt niet. De opmaak van de krant komt me trouwens bekend voor. Ik knijp mijn ogen stijf dicht en doe ze meteen weer open, maar de krant blijft een ondoorgrondelijk stuk bedrukt papier.

De ruimte vult zich met een modderige stank. Dat ben ik. Dat zijn mijn kleren. Ze moeten uit. Ik moet water zien te vinden om ze te wassen. Ik sta op en draai mij langzaam naar rechts. De stapel kranten verdwijnt uit het zicht, zo abrupt dat ik de grootste moeite heb te blijven geloven dat hij zich hier nog ergens in de ruimte bevindt, op een nu ook uit het zicht verdwenen tafel. Nu zie ik een aanrecht, maar zonder kraan. In ieder geval moeten die kleren uit.

Dat is makkelijker gedacht dan gedaan. Rechts gaat nog wel, maar de linkerkant van mijn overhemd en broek zijn er alleen in gedachten. Alleen door heel geconcentreerd aan hun bestaan te denken slaag ik er ten slotte in mijn kleren van die gevoelloze kant af te stropen. Het witte overhemd zit vol moddervlekken en kroosslierten. Mijn grijze broek is zwart. Met mijn kleren over mijn arm schuifel ik ten slotte op een blote voet in mijn onderbroek zijwaarts als een krab naar buiten.

Als ik buiten kom, zie ik dat het al donker begint te worden. In de verte hoor ik een vrachtwagen schakelen. Ik scharrel door een tuin. Zo nu en dan draai ik mij om mijn as om het idee van de omgeving te behouden. Dan springt er een pomp in het vizier; zo'n ouderwetse handpomp met zwengel. Ik schuifel erheen, in een zo recht mogelijke lijn. Het is koud. Voor ik de kleren ga wassen, zoek ik de zak van mijn broek na, inspecteer hem zorgvuldig. Leeg. Een gewoonte van vroeger, dat voel ik aan de routineuze bewegingen van mijn rechterhand. De gedachte aan een linker broekzak dring ik weg.

Om de pomp te kunnen bedienen moet ik de kleren loslaten. Ik voel de bolle ijzeren knop van de korte pompzwengel in de holte van mijn hand. Een kampeerterrein midden in een bos. Daar stond er ook een. Ik was nog klein. Ik moest op mijn tenen gaan staan en met mijn hele gewicht op de onderkant van de zwengel drukken om de pomp te laten pakken, net als nu. Eerst een paar loze slagen, dan een miezerig straaltje water, plotseling gevolgd door een brede guts.

Eerst was ik mijzelf, voor zover ik mij mijzelf te binnen kan brengen dan. Halverwege mijn borst verliest mijn wrijvende hand zijn houvast en trekt zich ijlings onder mijn rechter oksel terug. Dan hang ik eerst het overhemd en dan de broek over de gebogen pompekop. Misschien worden ze zo een beetje schoner. Soms glijdt een kledingstuk van de pompekop op het rooster van de afvoerput en moet ik opnieuw beginnen. Ik probeer mijn linkerhand bij de werkzaamheden te betrekken, maar ik heb geen idee waar die is.

Ik knijp met één hand in de drijfnatte kleren, ruik eraan. Ze stinken nog steeds, maar niet meer zo erg. Ik heb moeite de weg naar het huisje te vinden, twijfel zelfs een ogenblik aan het bestaan ervan.

Licht is er niet. Geen bed. Ik zal op de grond moeten gaan liggen. Van de stapel kranten maak ik zo goed en zo kwaad als het gaat een bed. Ik herinner me hoe je, voor je ging schaatsen kranten onder je overhemd schoof, tegen je blote borst. Die hielden de wind tegen, de schrale noordoostenwind die altijd door de polders joeg 's winters. Ik schuif tussen de krakende krantenlagen, wentel mij voorzichtig op mijn buik. Het is nu aardedonker om mij heen. Zonder buitenwereld voel ik mij beter. Even heb ik rust, ben ik alleen met een paar langzaam in opkomende slaap wegvlokkende gedachten, met het hoge zingende geluid van schaatsijzers over een eindeloos verlaten ijsvlakte; links, rechts, rechts, links, steeds ijler, steeds verder van mij vandaan.

Ik word wakker van zonlicht op mijn wang. Ik lig op oude kranten, op een planken vloer. Als ik mij beweeg ritselt het papier om mij heen. Ik kom overeind. Ik staar naar de letters voor mij op schoot. Geen betekenis. Ik trek mijn rechter schouder op en ergens, niet te lokaliseren in de ruimte, beweegt in gedachten iets mee dat vroeger mijn linker schouder heette of zich in ieder geval ergens in dat gebied ophield.

Ik schuif naar de tafel voor het raam. Mijn overhemd en broek liggen in een natte prop voor mij. Ik moet ze te drogen hangen over het voor mij bestaande gedeelte van die bruin gebeitste schutting daarbuiten.

Het is nog vroeg, dampig. Ik herinner mij dat ik hier gekomen ben. Een huisje op een volkstuinencomplex. Maar hoe en vanwaar? Het is allemaal pas geleden gebeurd. Maar ik kan er toch niet bij komen. Niet zoals ik mij vroeger een vorige dag herinnerde; beelden, geluiden, gesprekken waarvan ik me toon en inhoud vaak nog letterlijk te binnen kon brengen.

Als ik eenmaal met de kleren buiten sta, moet ik mij een paar keer ronddraaien voor ik de donkerbruine schutting weer in het oog krijg. Of is het nu een andere schutting? Over een tegelpad schuifel ik er met de kleren naar toe. Ik schud ze uit, trek het overhemd los uit de broek, en plooi ze dan onhandig met één hand over de schuttingrand. Dan zie ik de oude man aan de andere kant staan. Hij staart mij aan alsof hij een geestverschijning ziet.

'Wag debeer,' zeg ik. Als ik hoor wat ik uitkraam grijpt mijn hand zich van schrik aan de schuttingrand vast.

Het is een oude man in een blauwe tuinbroek en een geruit overhemd. Zijn stoppelwangen zijn ingevallen. Hij heeft een bonte zakdoek met knopen aan de hoeken over zijn hoofd getrokken. Zijn bleke ogen kijken mij wantrouwig aan. Nu brengt hij een hand naar zijn rechter oorschelp, alsof hij mij niet goed verstaan heeft. Of mij een herkansing wil geven misschien. Ik open mijn mond. Op dat moment doet hij een stap voorwaarts tussen twee smalle bedden vol bamboestokjes waaraan reepjes zilverpapier zijn bevestigd die ritselen als er een kort briesje over de grond trekt. Zijn gestalte verdwijnt gedeeltelijk uit mijn blikveld.

'Ik salueer heertje u,' zeg ik.

Zijn mond gaapt open. Met één hand grijpt hij een bretel van zijn tuinbroek vast.

'Buitenlander zeker?' Hij heeft een nasale stem, jonger en hoger dan zijn uiterlijk zou doen vermoeden.

'Welnee, van geen vreemde,' klinkt mijn stem, degene

die namens mij spreekt en er steeds naast zit. Ik voel tranen van onmacht in mijn ogen springen.

De oude man durft niet dichterbij te komen. Zijn zware witte wenkbrauw wipt zenuwachtig op en neer. Dan maakt hij met een uit het niets terugschietende hand een wegwerpend gebaar langs zijn gezicht, draait zich abrupt om en loopt – nu weer één geheel – naar de openstaande deur van een lage kas, die de vorm van een bungalowtent heeft. Een gebaar alsof hij zich mij maar verbeeld heeft. Ik voel tranen over mijn wang stromen. De geur van bladeren en aarde houdt mij overeind, al zou ik het liefst gaan liggen hier, mij met mijn kapotte lichaam laten vallen.

Ik zie de oude in zijn kas staan. Hij houdt een gieter als een wapen gestrekt voor zich uit. Dan draai ik mij om. Er is geen gesprek mogelijk. De zon schijnt op mijn blote schouder. Gelukkig staat de schutting tussen hem en mij in, zodat hij niet kan zien dat ik praktisch naakt ben (of moet ik zeggen half naakt). Ik hoop maar dat hij mij inderdaad vergeten is, er geen anderen bij haalt. Als er meer mensen bij betrokken raken zou ik mij geen raad weten. Mijn gedachten ontsporen zo gauw ik ze uitspreek, in zinnen die ik niet gezegd wil hebben.

Ik zet mijn schoenen buiten de deur. De warme lucht dringt het houten keetje binnen. Ik voel hoe mijn huid er rustig van wordt.

Al ronddraaiend kijk ik om mij heen. Nergens boeken. Wat zou ik ook met boeken moeten, kan ze toch niet lezen. Dan krijg ik een apparaat te zien. Het staat naast het stalen aanrechtje op een houten plank. Er steekt een lange stalen spriet uit en er zitten twee zilverglanzende draaiknoppen aan. Omdat ik niet weet wat het is, ga ik erop af, grijp het ding beet en neem het mee naar de tafel, die ik pas na twee keer ronddraaien (zeker omdat ik zo zenuwachtig ben) weer terugvind. Mijn hart klopt in mijn keel. Ik betast het aluminium voorwerp van alle kanten. Het woord voor het ding ligt voor op mijn tong. Mijn hand draait aan een van de knoppen. Als plotseling een stem uit het apparaat komt laat ik het van schrik los. Dan glimlach en streel ik het koele aluminium. Natuurlijk, natuurlijk, dit is gewoon een transistorradio. Het was alsof het voorwerp, de radio, zijn naam aan mij teruggaf zo gauw ik hem aanraakte. Alsof het juiste woord niet in mijn hersens maar in mijn vingertoppen lag opgeslagen.

'Een omroepstation,' fluistert mijn stem. 'Een zendgemachtigde.'

Ik blijf het gladde radiootje strelen en luisteren naar een geruststellende mannenstem die het over de componist Joseph Haydn heeft. Zijn woorden vinden als vanouds de weg naar binnen. Ik knik, vol gelukzalig begrip.

Dan begint de muziek. Een piano. En opeens voel ik mijn linkeroor! Trefzeker grijp ik het vast. Waar komt het zo opeens vandaan? Met mijn vingers masseer ik de tintelende oorrand, het lelletje. Het is er weer, mijn linkeroor!

Zwaar leun ik op mijn elleboog, luisterend naar de muziek. De tinteling trekt door tot in mijn hals. Alsof de muziek dat deel van mijn lichaam met een lichtpen in de ruimte afbakent. De voorstelling van mijn linkerkant lijkt terug te keren, vooral nu de muziek versnelt in een vrolijke cascade van noten. Opeens stoot de linkerknie tegen de onderkant van het tafelblad, zodat de radio omvalt. Weg muziek. En met de muziek doven ook meteen de knie, de schouder en de hals tot alleen die lichte tinteling in de oorrand nagloeit, los in de ruimte, als een nabeeld op het netvlies.

Ik zet de radio overeind en draai aan de knoppen. Maar de muziek is onvindbaar. Een vrouwenstem kondigt een programma over bloemschikken aan en noemt de tijd. Half-elf. De tinteling blijft.

Een kleinood is geboren aan de linkerkant, in het omringende niets. Ik omklem het teder met mijn rechterhand. Nog durf ik niet naar links te kijken. Maar ik weet nu dat het daar niet louter leegte meer is, ik kan daar weer iets voelen. Daarom laat ik het oor los. Ik weet nu dat het daar blijft, aan de linkerkant van mijn schedel, zoals bij iedereen. Ik prent mij in dat het niet zal verdwijnen. Als er hier een spiegel hing, zou ik mijn lichaam kunnen controleren, zien wat er precies mis aan is. Toch ga ik er niet naar op zoek. Het idee van een spiegel boezemt mij weerzin in.

Voorzichtig draai ik weer aan de radio. Een tijdje luister ik naar een sportprogramma. Gesprekken die als vanzelf en moeiteloos verlopen. Ik kan ze volgen, in hetzelfde tempo waarin ze worden uitgesproken, maar ik moet er niet aan denken dat ik zelf zo snel zou moeten spreken. Omdat ik alleen in gedachten, niet in woorden, kan reageren op wat ik hoor, lijken de woorden uit de radio scherper, harder en zonder enige barrière bij mij naar binnen te dringen. Ik kan er niets tegenover stellen. Weerloos onderga ik het spreken van de anderen.

Ik zoek net zolang tot ik weer muziek heb. Een koor van hoge jongensstemmen. 'Hoog op de gele wagen' zingen ze.

'Rijd ik door berg en dal,' zing ik zachtjes met ze mee. De muziek roept iets uit het verleden op en in precies de juiste bewoordingen. Als het liedje uit is, zet ik het toestel af. Zacht neurie ik een oud kinderlied. Suja, suja. Mijn stem bromt als een insekt door het houten hokje.

Kun je nog zingen, zing dan mee! Dat album stond bij ons thuis altijd opengeslagen op de piano. De kleine handen van mijn moeder, die nauwelijks een octaaf konden omspannen, speelden bijna verlegen de begeleiding terwijl mijn zusje Hanna en ik aan weerskanten van de zwarte pianokruk stonden. Hanna had heel donkere ogen en heel donker haar. Ik was twaalf jaar toen ze geboren werd, een nakomertje. Ik herinner mij een foto waarop ik verbaasd naar een baby met een donkere bos haar sta te staren. Je vader was vroeger ook zo donker, hoor ik mijn moeder zeggen. Hanna. Waar is ze gebleven? Als kind zie ik haar heel duidelijk voor me, daarna niet meer. Toch moet ze nog ergens in dit leven zijn, volwassen geworden.

Ik leg mijn hand op de radio. Een hulpstuk. Muziek geeft mij speelruimte. Ik moet hem daarom dicht bij mij houden. Met de radio in mijn rechterhand geklemd schuifel ik naar buiten.

Het is er warmer dan binnen. In een hoek van de tuin staat een rieten stoel met een vlekkerige zitting. Ik ga erop zitten met de radio op schoot. In de anonieme ruimte ter linkerzijde ontploft een vrouwenstem, hoog en vrolijk. 'Trees! Koffie!'

Trees. Dat is bijna mijn eigen naam. Ik weet het zeker. 'Keef,' spreekt mijn mond. 'Keeuw.' En dan weet ik het: Kees! 'Keef,' zegt mijn stem nog een keer. Nee, Kees. 'Keef,' blijft mijn stem hardop volhouden.

De zon verwarmt mij, droogt mijn onderbroek. Ik kijk de wolkeloze hemel in, die dichterbij lijkt. Of nee, niet dichterbij, maar onderdeel uitmakend van de dag. Zoals het hoort, zoals het altijd geweest moet zijn, vroeger. Glimlachend kijk ik weer omhoog. Bijna met vertrouwen in al dat heldere blauw om mij heen.

'Keef,' fluister ik. Ik heb mijn naam terug. Kees. Ik weet zeker dat ik Kees heet. Ik sta op. Opeens overvalt mij de honger. Langzaam, oriënterend, begin ik om mijn as te draaien. Verstijf dan. De radio! Hij is uit mijn wereld verdwenen. Vlug draai ik mijzelf door. Daar is hij weer. Ik kniel neer en pak hem op. Vederlicht.

Vroeger waren de radio's veel groter en zwaarder; van hout en bakeliet, met een luidspreker in het midden waar trijp achter gebogen latjes gespannen zat. Als pappa de radio aanzette hoorde je het geluid langzaam opkomen. Aan de achterkant kon je door gaatjes in de afsluitplaat de buislampen zien opgloeien. We zaten rond de tafel en luisterden naar een hoorspel. Paul Vlaanderen, met dat beginmuziekje, energiek en dreigend tegelijk. Ik probeer het me te binnen te brengen, tuit mijn lippen maar het wil er niet uit komen. Te lang geleden denk ik, te veraf.

Mijn maag rommelt. Ik zoek de rechterkant van de wereld af, draai mijn nek zo ver mogelijk, maar ik word niets eetbaars gewaar. Er zijn hier geen winkels. Als mijn kleren droog zijn moet ik erop uit, iets te eten zien te vinden.

Als ik met mijn droge kleren in het huisje terugkeer en mij probeer aan te kleden schiet mij de radio weer te binnen. Met de broek aan mijn voet strompel ik naar buiten. Gelukkig doet de radio zich meteen aan mij voor. Ik neem hem mee naar binnen, zet hem op het zichtbare deel van de tafel en draai vergeefs aan de knoppen. Natuurlijk, eerst aan de zijkant aanzetten. Het geruis stelt mij gerust; hij doet het nog. Als ik muziek hoor–van een slagvaardig soort (jazz?)–wacht ik gespannen of mijn idee klopt. Ik denk aan de linkerkant van mijn lichaam, mijn been, mijn hand die mij nu te hulp zouden moeten schieten om mij te helpen, mij samen met de twee andere, rechter ledematen zonder mankeren aan te kleden. Het oor begint weer te tintelen, dan schokt de schouder en schopt het linkerbeen wild rond in de broekspijp en haalt mij bijna onderuit. Ik wieg heen en weer op het ritme van de muziek, buig mij voorover en zie hoe twee handen daar mijn broek omhoogsjorren, samenwerken alsof ze nooit anders gedaan hebben. Ik weet niet hoe snel ik het overhemd moet dichtknopen. Ik moet zorgen dat ik ermee klaar ben voordat de muziek is afgelopen.

Hijgend ga ik zitten. Hier en daar, voel ik, zit er wel een knoopje in een verkeerd knoopsgat, maar als geheel zit de boel toch weer zo'n beetje op zijn plaats. De stank is nog niet helemaal geweken.

Steeds volgt er een ander muzieknummer, ze lijken allemaal op elkaar, maar dat is juist goed. Ik geloof wel dat ik nu durf op te staan om mijn hele lichaam te voelen, me te bewegen op de maat van deze muziek. Misschien dat het gaat.

Heupwiegend beweeg ik mij door het huisje en draai opeens naar links. Net het gevoel alsof ik weer op dansles zit. Dansschool Martin. Wat heb jij grote voeten, zei de dansleraar. Ja, dat is waar. Grote blote voeten. En nogal vies ook. Ergens moeten mijn schoenen staan. Ik pak de spelende radio vast, die nu werkt als een soort kompas.

Ik kom de deur uit en meteen naast de deur staan ze voor mij klaar. Een beetje vochtig nog maar ik kan ze aan. Veters vast hoeft niet. Misschien later als ze helemaal droog zijn.

Of nee. Ik neem de schoenen mee naar binnen, zet ze op tafel. Met mijn andere, mijn linkerhand, zichtbaar en voelbaar gemaakt door de muziek, zet ik de spelende radio ernaast. Ik moet lachen, zo handig en vlug gaat alles opeens. Ik trek de veters uit de schoenen, knoop ze aan elkaar, haal het bruine donkere koord onder het uitschuivende handvat van de transistor door en knoop de uiteinden met een dubbele knoop aan elkaar. Voorzichtig til ik de radio aan het koord op en buig mijn nek. Ik schuif het koord over mijn hoofd. Nu hangt de radio net onder mijn kin tegen mijn borst. Voorzichtig loop ik, nu naar links, dan naar rechts over de planken vloer. Ik kan niet zeggen dat het hele lichaam weer ter plaatse is, maar wat eens een vage herinnering aan een ooit bezeten eenheid was, is nu, op de maat van deze felle blaasmuziek, technisch althans weer gerealiseerd. Dan hoor ik een stem. Het is de stem van de oude man in de tuinbroek, hoog en nasaal, komend vanuit wat de deuropening moet zijn.

'Wat moet jij daar godverdomme, zwerver!'

Ik draai mij om. Linksom. Alsof ik op schaatsen sta, zo sierlijk zwier ik op hem af, duw hem achteloos opzij. Aan het geluid achter mij te oordelen geloof ik dat de oude struikelt en valt, maar ik heb geen tijd om te kijken. 'Politie,' hoor ik hem krijsen. 'Ik haal de politie erbij!'

Majestueus en met opgeheven hoofd draaf ik het volkstuinencomplex af, één met de jankende gitaren onder mijn kin.

...

Het kan aan mij liggen, maar het komt mij voor alsof al deze kantoorgebouwen, fabriekshallen en loodsen, van elkaar gescheiden door stukken braak liggend terrein of opgespoten zandheuvels, waar het eerste onkruid alweer opschiet, hier zojuist zijn neergezet. Toen ik even niet keek. Er lijkt geen enkele planning aan hun onderlinge positie ten grondslag te liggen. Zo nu en dan passeren mij luid toeterend zandwagens of bestelauto's. Door de muziek uit de radio duiken ze niet meer vanuit het niets op, maar komen ze gewoon uit de wereld van links naderbij.

Overal achter de ramen zie ik mensen voorovergebogen aan het werk. Bezigheden waar ik door de glazen ramen goed zicht op heb. Een rij meisjes met witte schortjassen zit naast elkaar voor een lange paktafel. Een ogenblik blijf ik staan kijken naar de razendsnelle bewegingen waarmee hun vingers bonbons in dozen leggen terwijl ze zonder van hun werk op te kijken met elkaar praten en lachen.

Boven op de daken en aan de voorgevels van de fabriekshallen en kantoren zijn borden bevestigd met letters erop, sommige van neon, zinloos brandend in de felle zon. De letters bieden zich aan, vormen woorden, produktnamen waarschijnlijk. Ik probeer er niet naar te kijken. Ik passeer een hoog ijzeren hek waarachter honderden van dezelfde auto's in lange rijen achter elkaar staan opgesteld, kleur bij kleur. Metaalgrijs, grasgroen, zeeblauw. Ze hebben geen nummerborden. Aan het eind van het hek is een opening, waarnaast een houten portiershokje staat. Als ik erlangs loop zie ik een jongeman met één hand zijn das lostrekken terwijl hij met de andere koffie inschenkt uit een witte thermoskan. Ik loop langs en sterf van de honger. Even verderop, een eindje van de weg af, ligt een scheefgezakte boerenschuur. Ervoor graast een geit die met een lang touw aan een pin in de grond vastzit. De radio op mijn borst speelt een accordeonmuziekje. Ik loop naar de schuur, ik weet niet goed waarom. Misschien omdat de verzakte planken wanden en het vaalrode pannendak mij vertrouwen inboezemen, me niet zo afstoten als al die glazen façades en betonnen muren. De geit loopt een eindje met me op. Als zij niet meer verder kan, mekkert ze even en draait zich dan om. Door een gebarsten raam kijk ik de schuur binnen. Op een betonnen vloer liggen stapels planken. In een hoek staan drie zwarte oliedrums. Ik loop om de schuur heen. Aan de achterkant ruisen vlierbomen. Onder de stammen liggen twee platgetrapte colablikjes en een wikkel waar ooit biscuitjes in gezeten hebben; dat zie ik aan de verbleekte afbeelding van een kaakje op het papier. Ik raap de wikkel op, ruik eraan. Het papier moet hier al lang gelegen hebben, het ruikt naar gras. Ik laat het vallen. Achter de vlierbomen ligt een watertje. Twee wilde eenden sprinten klepperend met hun vleugels over het water weg.

Plotseling houdt de muziek op. Zenuwachtig draai ik aan de zenderknop, maar nergens vind ik meer muziek. Mijn lichaam trekt meteen naar rechts, verliest zich links weer in de omgeving.

Voor mij ligt een heuvelig terrein waarboven wat meeuwen rondzweven. Onder mijn kin ratelt een vrouwenstem in het Frans. Ik draai de knop om en hoor in de stilte mijn schoen door het hoge gras schuifelen. Nergens zie ik meer hallen of loodsen. Ik moet nadenken over een richting. Ik blijf staan en draai mij weer langzaam om mijn as. In de verte ligt het industrieterrein. Ik wil er niet terug. Er zijn daar alleen maar mensen die werken. Geen eten. Als ik verder draai en bijna weer in mijn oude positie ben teruggekeerd, zie ik een oude eik met een brede kroon. Er staat een zwarte auto zonder wielen onder. Aan het portier hangt een houten bord waarop een reclametekenaar een kop koffie of soep heeft getekend. Damp kringelt uit de kop in bleke verfslierten omhoog. Onder de kop koffie of soep staan wat woorden en een rode pijl die naar rechts wijst, naar een groene keet iets verderop. Boven de deur van de keet wappert een gele vlag die me vaag bekend voorkomt. Houdt in ieder geval verband met drinken. Voorzichtig bepaal ik mijn positie ten opzichte van de keet, die nog zo'n tweehonderd meter van mij vandaan lijkt te liggen en begin dan zijwaarts in een rechte lijn over het hobbelige terrein naar de deur met de vlag te scharrelen. Een vage geur van rottend vuilnis drijft aan, zodat ik instinctmatig uitwijk, moet blijven staan en ronddraaien tot ik de keet weer recht voor mij heb. Hij ligt dichterbij nu. Ik vorder dus. Een paar keer struikel ik in ondiepe kuilen, verborgen onder het hoge gras. De radio schampt schommelend tegen mijn schouder. Achter een van de ramen van de keet (ik vermoed tenminste dat er meer zijn) ontwaar ik iemand met een hoed op. Het lijkt alsof de gestalte voor het raam roerloos en intens mijn nadering gadeslaat. Ik beweeg mijn hoofd zo dat de gestalte verdwijnt.

Als ik de deur van de keet opendoe flikkert een tl-buis boven een formica toonbank mij tegen. Achter de schuin oplopende glaswand ervoor zie ik kroketten en gepaneerde frikandellen liggen naast stalen schalen met gesneden vleeswaren. Het water loopt in mijn mond. Er staat niemand achter de toonbank. Uit het gebied dat ik niet kan overzien hoor ik een schorre vrouwenstem 'Jannie' roepen. Een jong meisje in een grijze sweater bedrukt met letters komt mijn beschikbare gezichtsveld binnen.

'Jannie is er niet,' zegt ze. Dan pas ziet ze mij. Ik begrijp dat ze schrikt. Ik zie er ook nogal haveloos uit. Het meisje heeft haar lippen in dezelfde vuurrode kleur gestift als de korte nageltjes van haar dikke vingers. Aarzelend gaat ze met een hand door haar halflange stroblonde haar. Dan richt ze het woord tot mij.

'Wat mag het wezen?'

'Laat mij, vanaf het begin, een verklaring doen uitgaan,' zeg ik. 'Financiën zijn in het ongerede geraakt. U weet wel, rekeningen, afschrijvingen, nota's, betaalbewijzen, alles via de bank lopend, ook wel automatisch. Nu zit het zo.'

Ik klop met mijn hand op mijn buik. Het meisje staart me aan en schudt dan langzaam haar hoofd.

'Het verstaan geeft moeite,' beaam ik. 'Er heeft hier iets plaatsgevonden.'

Ik tik tegen de rechterkant van mijn schedel. 'Van binnen is alles goed geregeld, maar het komt de sluizen niet meer uit, weet u.'

Het meisje richt zich nu tot iemand in het voor mij onoverzichtelijke gedeelte van de snackbar.

'Volgens mij is die gast niet helemaal lekker Toos.'

Ze kijkt afwachtend in de richting waar de aangesproken persoon zich moet bevinden. Voorzichtig draai ik mij om mijn as.

Aan een tafeltje voor een van de twee ramen zit een grote vrouw met een enorme hoed vol kunstbloemen. Op de stoelen naast en tegenover haar staan plastic zakken volgestouwd met oude kranten, stukken hout en pvc-pijp van verschillende dikte en lengte. De vrouw heeft een smal scherp gezicht. Haar bruine haar piekt in kleine krulletjes onder de hoed vandaan. Ze draagt een met een dubbele rij koperen knopen afgezette legerjas die bijna tot haar enkels reikt. Aan haar kleine voeten zitten zwarte rijglaarzen waarvan de tenen zijn omgekruld. Met gefronste wenkbrauwen en samengeknepen groene ogen kijkt ze mij peinzend aan. Ik klop nogmaals op mijn buik en open mijn mond, maar zij brengt mij met een gebiedende polsbeweging tot zwijgen.

'Kan wel wezen kind,' zegt ze. 'Maar geef die stakker een broodje ham van mij. Geld heeft ie niet. Zoveel heb ik er wel van begrepen.'

Zij wenkt mij naar haar tafeltje. 'Zet die zakken maar op de grond,' zegt ze.

Ik til de plastic zakken voorzichtig op de grond en ga tegenover haar zitten. Ik ben haar dankbaar dat ze mij tenminste heeft willen begrijpen. Weer tik ik tegen mijn rechterslaap.

'Zeker, het is je in je bol geslagen,' beaamt ze. 'Ach, je bent de enige niet. Als je zo om je heen kijkt. De een is nog leiper dan de andere.'

'Nee,' zeg ik. 'Niet op het zwakzinnige vlak. Alleen het binnenshuis redigeren van tekst gaat niet. Daar zit hem de kneep. De laatste correctieproef zoekgeraakt, waardoor er veel fouten blijven staan.'

'Nou, helemaal tof lijk je me toch niet hoor.' Ze klopt me moederlijk op mijn aanwezige arm. 'Wie loopt er nou met een radio om zijn nek.'

Ik knik. Dat moet inderdaad wel een raar gezicht zijn. Maar hoe haar dit te verklaren. Ik steek mijn hand uit. 'Keef,' zeg ik.

‘Zo Kees,’ zegt ze. ‘Jij heet Kees. Nou, ik heet Toos.’ Ze lacht en ik zie dat ze een paar boventanden mist.

Ik schrik als er van buiten mijn gezichtsveld plotseling een schoteltje met een broodje ham binnen wordt geschoven. Ik begin meteen gulzig te eten. Ik prop alles in mijn rechter mondholte uit angst dat het voedsel aan de linkerkant er anders uitvalt of anderszins weglekt. Tot mijn verbazing is het broodje al na twee happen verdwenen. Het leek toch een tamelijk groot broodje.

‘Moet je niet meer,’ zegt de vrouw en komt voorovervbuigend helemaal te voorschijn.

‘Het is op,’ zeg ik hulpeloos.

‘Hier,’ zegt ze en duwt het schoteltje met het half afgebeten broodje voor mijn neus. Mijn rechterhand grijpt het vast, propt het in mijn mond, alsof ik bang ben dat het opnieuw zal verdwijnen.

‘Nou, die heeft trek zeg,’ zegt de vrouw tegen het jonge meisje dat ik nu wel kan horen maar niet meer zien.

‘Ja, ik weet wat het is om met een lege maag te lopen,’ zegt ze op een vertrouwelijke toon. ‘En geen huis zeker ook?’

Al etend schud ik mijn hoofd.

‘Ik vertrok,’ zeg ik. ‘En plotseling alle schepen achter mij mevrouw. Niets meer daar. Geen weet van richting of plaats.’

‘Als ie maar niet aan de drugs is,’ hoor ik het meisje, dat luidruchtig kopjes staat af te wassen, bezorgd zeggen.

‘Lijkt ie me niet het type voor,’ zegt de vrouw die Toos heet. Haar figuur valt onder de legerjas niet te raden, net als haar leeftijd trouwens. Veertig, vijftig, het zou allebei kunnen.

‘Of zo’n gestoorde dan,’ gaat de meisjesstem achter mij verder. ‘Ze lopen tegenwoordig allemaal vrij rond schijnt het. Ik zou maar uitkijken als ik jou was Toos.’

Toos haalt haar schouders op. ‘Wat heet gestoord? Ik heb ze wel gekker gezien.’

Dan staat ze op. Ze wijst naar de plastic tassen naast mij op de grond.

‘Kom Kees,’ zegt ze. ‘We gaan.’

Ik pak de plastic tassen op en houdt haar scherp in de gaten. Ik moet haar nu niet uit het oog verliezen. Misschien heeft zij een onderdak, een kamer, vier muren waarbinnen ik mijn denken op orde kan brengen.

‘Wel voelen,’ zeg ik. ‘Maar uit de mond komt het niet. Toch heel erg gefeliciteerd. Nee, heel erg bedacht. Bedoelt u wat ik voel?’

‘Kom nou maar mee,’ zegt ze, ongeduldig als tegen een treuzelend kind.

Buiten ga ik zo naast haar lopen dat ik haar steeds kan zien, zodat ze niet plotseling links uit de flank kan verdwijnen.

‘Slechts ter ener zijde,’ zeg ik ter verduidelijking. ‘Overstag kan niet meer. Blokkade. Voelt u?’

‘Welja,’ zegt de vrouw naast me goedmoedig. De straat gaat nu over in zanderige grond waarover ijzeren platen liggen, zoals die wel gebruikt worden om vrachtwagens bij de aanleg van bouwwerken over te laten rijden. Ze wijst op een rij huizen in aanbouw. Boven de daken houdt het uiteinde van een gele hefkraan moeiteloos stand tegen de zwaartekracht. In het begin zou zo iets me verbaasd hebben, maar ik ben al zo aan de fragmentatie van mijn gezichtsveld gewend dat ik weet dat de kraanbok ergens, in een andere wereld ben ik geneigd te denken, moet bestaan.

'Huizen zat hier,' zegt ze. 'Zolang ze niet af zijn tenminste. En als ze af zijn zoek je andere.'

Ze loopt nu dwars door het rulle zand naar de rij lage huizen. Overal liggen stapels stenen en zakken cement. Ik loop achter haar, zeulend met de plastic tas.

Het moet namiddag zijn, de zon staat al laag boven de blauwgrijze daken van de vensterloze huizen. Ik begin weer honger te krijgen.

'De achterste rij,' hoor ik haar zeggen. 'Daar is al water.'

Over een hoge drempel stappen we moeizaam vanuit het rulle zand op de kale betonnen vloer van een ruimte met lege raamkozijnen. Uit de muur steken hier en daar bosjes elektriciteitsdraad. Toos zet haar tassen tegen de grofgesausde muur. Ik zet de mijne ernaast en draai de radio uit. Keurend, met haar handen in haar zij, loopt ze in haar lange legerjas de deurloze vertrekken door. In wat eens de badkamer moet worden draait ze aan een kraan. Er schuimt een krachtige straal de witte wasbak in. Iets doodnormaals dat haar echter in verrukking brengt. Ze draait zich naar mij om. 'Wat zei ik je?' Ze grijnst. Ik knik. Door het badkamerraam kijk ik uit over een heuvelachtig stuk grasland. Ik zie hoe een man zijn hond nakijkt die in de rietkraag rond een watertje verdwijnt. Achter mij hoor ik de kraan lopen. De hond komt weer uit het riet en schudt zich uit. Dan blijft hij even met stijve poten en spitse oren staan luisteren. In de verte rookt een smalle schoorsteen. De hond buigt zijn kop, snuffelt even aan de grond en draaft dan het niets in. Als ik mij rechtsom zou draaien zou ik hem, vanuit een andere hoek, misschien weer op kunnen pikken. Ik doe het niet, ik laat hem gaan. Ik kijk in de wereld als in een prentenboek dat door iemand anders wordt omgeslagen. Het water in de verspreide plassen op het terrein ziet zwart. Voor het eerst komt mijn lichaam mij als een gevangenis voor waaruit ik zou willen ontsnappen. Me helemaal naar links draaien. Zonder muziek durf ik het niet. Dan hoor ik haar stem.

'Hee, blijf je daar zo staan?'

Als ik mij voorzichtig een slag omdraai staat ze voor me, naakt.

Ze droogt zich af met een zwarte jurk waar hier en daar glinsterende zilveren lovertjes op zijn geborduurd. Ongegeneerd haalt ze de jurk een paar keer tussen haar dijen door. Ze is niet eens lelijk. Maar ook nu ze naakt is kan ik haar leeftijd niet schatten, het leven dat aan haar aanwezigheid hier vooraf moet zijn gegaan. Ook ik lijk hier zo maar te staan, zonder enige voorgeschiedenis. Mijn ogen vullen zich met tranen.

Ze komt naar me toe, perst haar lijf tegen me aan en streelt mijn rug. Ik voel hoe haar hand van mijn rechter schouderblad over mijn rug schuift en daar spoorloos verdwijnt.

'Kom,' fluistert ze, 'dat is toch niks om te huilen.'

Ik schud mijn hoofd en duw haar zachtjes van me af.

Ze schudt de jurk uit en stapt erin terwijl ze mij gebukt tussen haar neerhangende haar schuin aankijkt.

'Wat ben jij er voor een,' zegt ze. 'Je staat te kijken of je in een museum bent. Of vind je me lelijk soms?'

Weer schud ik mijn hoofd. Ik voel hoe mijn mondspieren een woord trachten te vormen. Het woord mooi dat er als hooi uit komt.

'Mooi zal je bedoelen.'

Ik glimlach. Ik praat ernaast maar zij begrijpt me toch. Ik loop op haar toe, maar juist op dat moment bukt ze naar haar laarzen en verdwijnt uit beeld. Met een uitgestrekte arm blijf ik stokstijf in de witbetegelde ruimte staan.

Ik schrik nog steeds van dit plotselinge wegschieten van delen werkelijkheid die er net nog waren, er zo solide uitzagen dat er geen enkele reden leek om aan hun bestaan te twijfelen. Alsof ik me in het gezelschap van een kwaadaardige magister bevind die ieder moment delen uit mijn werkelijkheid kan ontvreemden. Lang blijf ik daarom zo met uitgestrekte arm staan om aan de nieuw ontstane situatie te wennen.

Als ik me ten slotte voor de zoveelste keer om mijn as heb gedraaid staat ze met de legerjas over haar arm in de gang. Ze wenkt en verdwijnt door een deuropening. Vroeger wist ik dan dat iemand er nog wel was. Ook nu weet ik dat. En toch hoor ik mijzelf in paniek haar naam roepen. Doos! Doos! Als antwoord roept zij mijn naam vanuit de onzichtbaarheid van haar aanwezigheid; ergens.

Blindelings loop ik haar stem achterna. In een hoek van de kamer, die zich plotseling in heel zijn beslotenheid van de rest van de ruimte manifesteert, zit ze onder een raamgat op een oude grijze deken. In het schemerdonker ga ik naast haar zitten met het afwezige deel van mijn lichaam van haar afgekeerd. Ik kijk haar aan, glimlach onzeker. Misschien dat dat moederlijke gevoelens in haar wakker roept. Ze trekt mij op mijn rug en spreidt de legerjas over mij uit. Ik staar naar een zwart rond gat in het plafond. Mijn mond gaat open en dicht, proeft de woorden van mijn denken zonder ze uit te kunnen spreken. De jas ruikt muf, naar turfmolm, veengrond, zo iets, licht vermengd met een of ander zoetig parfum.

'In eendere tijd, lang verleden,' hoor ik mijn stem in het donker oreren. 'Dat moet geweest zijn.' Ik stok.

Geweest. Zijn. De woorden hebben de neiging zich uit het zinsverband los te maken, zelfstandig te worden en zo niets meer te betekenen. Zin en zinsverband. Vroeger hoorden die onlosmakelijk bij elkaar. Nu vraag ik mij af wat er eerst was: zin of zinsverband?

'Ze hebben jou wel te pakken gehad zeg.' Ze streelt mijn goede wang.

'Iets mankeert,' zeg ik. 'Is ver weg gegaan.'

'Het komt wel weer goed.' Ze staat op en is weg.

Ik sluit mijn ogen. Zo voel ik mij zekerder van een vaste plek op aarde, hier uitgestrekt op deze betonnen vloer. In de verte hoor ik geritsel van plastic. Een verte die overal kan zijn.

Als ze terug is (niet komt) heeft ze een homp brood in haar hand. Ze scheurt er een stuk af en geeft het mij terwijl ze haar tanden in het overgebleven brok zet. Ik ruik aan het brood voordat ik begin te eten.

'Brood,' zeg ik opeens. 'Brood!'

Ze begrijpt natuurlijk niet waarom ik daar zo om moet lachen, zo gelukkig ben ik dat ik de draad, hoe kort ook, weer te pakken heb, de draad tussen mij en de dingen. Maar meteen daarna gaat het alweer mis.

'Keef. Ook daarvoor Keef. Ik bedoel toen ik nog moederzegger was. Brood.'

Ze antwoordt met een vraag. Heeft mij duidelijk niet kunnen volgen dit keer.

'Wat doe je. Heb je een baantje Kees. Of scharrel je zo

maar wat rond, net als ik.'

Ze wil mij op een ander spoor zetten, maar dat lukt me niet. Niet voordat ik het woord moederzegger een paar keer herhaald heb. Ik bedoel natuurlijk moeder, vroeger, dat ik er vroeger ook geweest ben, maar het niet meer zo voel (wel weet). Maar zo duidelijk als ik het kan denken, zo verfomfaaid komt het eruit. Eenmaal in mijn mond neemt de taal het van mij over en rolt in stuurloze reeksen woorden naar buiten. Misschien als ik de radio had. Ik kom overeind, maar zij houdt me tegen.

'Wat moet je. Je gaat toch niet weg?'

'Muziek,' zeg ik. 'Buizen, knoppen en dan dat plotselinge, die geluidsklanken uit dat glimmende ding. Dat wil ik.'

'Laat mij maar,' zegt ze. 'Ik weet hier beter de weg dan jij.'

Even later duikt ze op met de transistor. Ze draait aan een knop. Een strijkkwartet van Beethoven vult de ruimte. Ze wil doordraaien, maar ik schud heftig mijn hoofd.

'Vind je dat gezwijmel echt mooi?' Zuchtend draait ze de knop terug tot de zender weer te horen is. Mijn linkerbeen begint te schokken, heftig te tintelen. Mijn tenen duiken daar ergens in de diepte op, voorlopig nog los van de voet waar ze aan vastzitten. Ik beweeg ze, kom half overeind en probeer ernaar te kijken, maar het is al te donker om ze te kunnen zien.

'Het doet me aan begrafenissen denken, dat soort muziek,' zegt ze zuchtend. Ze gaat weer liggen en trekt de jas een stukje naar zich toe.

Mijn mond beweegt, maar spreekt niet. Mijn spieren gebruiken de cadans van de dooreenspelende violen, maken de weg vrij voor zinnen die, eerst gedacht, nu opeens moeiteloos over mijn lippen komen. 'Er is iets gebeurd met me. De linkerkant van mijn lichaam lijkt weg. Alleen, met muziek komt ze weer te voorschijn, kan ik weer spreken zoals vroeger.'

'Alles zit anders nog op zijn plaats hoor,' zegt ze opgeruimd vanuit het donker. 'Niks om je zorgen over te maken.'

Zo iets is een ander ook niet duidelijk te maken.

Dan zet ze de radio opeens af.

'We gaan maffen.'

Ik wil protesteren, nog genieten van de aanwezigheid van mijn hele lichaam, van het innerlijke beeld van armen, benen, borstkas en rug waarvan ik me vroeger niet eens bewust was. Nu ik delen van mijn lichaam kwijt ben, voel ik dat er zo iets moet bestaan als een eigen bewustzijn van spieren en zenuwen dat je het totaalbeeld van je lichaam doorgeeft, zodat je van daaruit steeds kunt handelen, een bewustzijn dat los staat van wat ik mijn 'ik' noem. Of noemde. En dat bewustzijn is een deel van zijn herinnering kwijtgeraakt.

'Nee,' zegt ze beslist en duwt mijn hand weg. 'Als er straks een nachtwaker langskomt zijn we de klos. Uit dat ding.'

In het donker durf ik mij heel langzaam op mijn linkerzij te draaien. Ik voel de behaaglijke weerstand van mijn lichaam tegen de stenen vloer. Vlees, botten, die, zelfs nu de muziek weg is, blijven, acte de présence geven en lichtjes natintelen, zoals wanneer je op het ijs was geweest en thuis voor de kachel zat; een zoete pijn die overging in een je hele lichaam doorzinderende loomheid, alsof je langzaam smolt, ineengedoken op een stoel voor de kachel, wachtend op de beker warme chocolademelk tussen je al verlangend uitgestoken handen.

...

Als ik stijf als een plank wakker word, leven de tenen van mijn linkervoet, daar ergens in de verte, nog steeds. Ze zijn dus niet teruggekeerd naar die wereld zonder ruimte en tijd, die ik mij alleen als een concept kan voorstellen: 'afwezigheid'. Maar eigenlijk drukt dat woord niets uit. Het beschrijft iets dat per definitie onvoorstelbaar is. Zo iets als je eigen dood.

En nu merk ik, terwijl ik langzaam overeind kom, dat ook de vingertoppen van mijn linkerhand diezelfde tinteling afgeven. Het grootste deel van mijn linkerhelft is nog met stomheid geslagen, maar vingers en tenen lijken aarzelend teruggekeerd. Ik zit op de grijze deken–Toos moet haar jas meegenomen hebben–en beluister mijn lichaam. Het elektrische prikkelen lijkt nergens vandaan te komen. Het is er, binnen de ruimte die door mijn lichaam in beslag genomen wordt, als een rij flikkerende lichtjes in een verder nog donkere nacht (kon ik mijn toestand maar tekenen!). Vage contourlijntjes van een rij tenen onder aan het blad en bovenin de vingertoppen met het glanzende begin van de nagels. Daartussenin wit papier, het woord afwezigheid.

Het moet nog vroeg zijn. Het licht valt aarzelend door het raamgat naar binnen. Ergens, aan het geluid te oordelen niet ver van mij vandaan, hoor ik Toos scharrelen. Ik sta op en hang mijn radio om. Ik durf de confrontatie met de linkerkant van de wereld nog niet aan, al leven mijn tenen en vingertoppen daar al wel. Ik draai mij om mijn as en schuifel in de richting van het ritselende plastic. Als ik door de deuropening een andere ruimte binnenval, is Toos net bezig haar grote bloemenhoed op te zetten. Haar rode mond steekt fel af tegen al die fletsblauwe, roze en zeegroene bloemen van taft en zijde. Als ze mij ziet laten haar handen de rand van de hoed koket los.

'Hoe vind je mevrouw Morgenster?'

Ik ben nog niet toe aan praten en knik alleen maar. Mijn heupen doen pijn van de nacht op de kale vloer. Mijn heupen? Ja. Ook de linkerheup meldt zich nu, tekent zich pijnlijk stekend binnen mijn omhulsel af.

Toos pakt de legerjas, die over de plastic tassen tegen de muur ligt en hijst zich erin.

'Kom,' zegt ze. 'We moeten gaan, voordat de bouwvakkers komen.'

Ik wijs op de rij plastic zakken met kranten, stukken hout en pvc-pijp.

Ze kijkt er even nonchalant naar en lacht dan schel.

'Niet meer nodig.' Haar linkerhand wuift de plastic tassen weg. 'Iedere dag sprokkel je dingen bij elkaar die je misschien 's avonds of 's nachts nodig hebt. Kranten om op te liggen, hout om een vuurtje te stoken. De volgende dag begin je gewoon weer overnieuw. Rotzooi genoeg.'

We verlaten de rij huizen in aanbouw. Ik loop aan haar linkerkant.

'Enkele reis retour,' zeg ik. Daarmee wil ik haar vertellen dat ik terug zou moeten, naar waar ik vandaan kom, maar dat ik niet weet waar dat is. Papieren heb ik niet bij me. Niets. Ik moet alles in één klap zijn kwijtgeraakt, als bij een aardbeving.

Ze geeft me amicaal een arm. Dat voel ik zo'n beetje.

'Eerst wat eten,' klinkt haar stem. 'Dan zien we verder wel waar de dag ons brengt.'

We steken een braakliggend stuk terrein over. Boven een paar sloten deint een lage damp zachtjes in de eerste zonnewarmte. Hier en daar groeien lage struiken die als magneten afval naar zich toe lijken te hebben getrokken; stukken grauw plastic, lege ingedeukte melkkartonnetjes, het eigele stuur van een kinderautoped.

'Laat nog eens wat horen Kees,' hoor ik haar zeggen. Ze tikt tegen de zijkant van de radio die voor mijn borst heen en weer schuift. Ik draai aan de zenderknop tot ik de muziek hoor. Een wals van Strauss. Ze schuift zich voor mij, pakt me bij mijn middel en probeert met mij te walsen.

'Kom op, dansen Kees!'

Maar dat durf ik niet, bang in een draaikolk terecht te komen waarin ik ook het restant van mijn lichaam zou kunnen kwijtraken. Ik worstel me met één hand los. Toos lijkt beledigd. Ze wrijft haar handen over elkaar en stopt ze dan diep in de zakken van haar legerjas weg. Ze kijkt naar de grond, zegt niets.

'Geëxcuseer,' zeg ik. 'Ik leef daarvoor nog te gering. Het was niet mijn bedoeling je affront te maken.'

'Ach man, het was maar een geintje. Meer niet.'

Vreemd dat ze mijn gebroken taal accepteert zonder er commentaar op te geven. Ze lijkt het niet gek te vinden. Maar misschien luistert ze wel niet. In ieder geval begrijpt ze niet hoe iedere uitgesproken zin ten opzichte van wat ik denk voor mij een nederlaag betekent. Beschamend. Ik zou het wel opnieuw willen proberen, maar ik ben bang dan steeds verder van huis te raken. Het is de taal die mij leidt, niet ik de woorden, zoals het zou horen. Eens heb ik toch zo kunnen spreken als al die anderen?

Mussen fladderen boven het korte gras van het landje. Daarachter zie ik een paar auto's rijden. Daar moet dus een weg zijn. Ik kijk de auto's na en zie dan, meedraaiend, waar ze naar toe rijden. Uit het landschap verrijzen een paar torenflats. Op de parkeerterreinen ervoor staan hier en daar wat auto's. De zon glanst in de onderste rijen ramen en kleurt het getinte glas met een gouden gloed.

'Ja,' zegt Toos. 'Daar gaan we heen. Ik heb er gewerkt, in die kantoren. 's Avonds na vijven moest ik de prullenbakken legen en de plees schoonmaken. Ik begrijp niet dat mensen daar kunnen werken hoor. Niks kan er open. Tot ik erachter kwam dat je eigenlijk helemaal geen geld nodig had. Als je de weg weet in de wereld kun je alles voor niks krijgen. Eten, kleren, alles.'

'Een eetgelegenheid zou wel goed passen,' beaam ik.

'Stel je er niet al te veel van voor,' zegt Toos. 'Maar we zullen zien wat ze vandaag op het menu hebben. Je hebt geen idee wat er allemaal weggegooid wordt. Brood van een dag oud. Alsof er vergif in zit. Met hele pakken tegelijk keilen ze het bij het oud vuil. Je vreet er goed van en wat je niet opkan voer je aan de meeuwen.'

We lopen nu over een tweebaansweg. Vlak voor de torenflats komt een andere weg de onze tegen. Er staan verkeersborden en er branden verkeerslichten. De borden zijn rond of driehoekig en beschilderd met tekens waarop ik niet langer kan reageren. Ze komen me wel bekend voor. Cirkels, kruisen, pijlen en cijfers. Ze duiden op situaties die ik ooit gekend heb, dat weet ik zeker. Tekens ter beheersing van het verkeer zijn het, maar ik neem er niet meer aan deel.

Het gebouw waar we op af lopen rust op twee (in werkelijkheid natuurlijk op vier) betonnen pijlers. Door de glazen wanden van de onderverdieping kijken we in een ruime met marmer belegde hal. Precies in het midden, als op een eiland, zit een man achter een balie met een ballpoint in zijn oor te peuteren. Precies in het midden en even later aan de rand van een abrupt afgesneden beeld.

'Dit is Johnson Brothers,' zegt Toos. 'Vraag me niet wat ze doen, maar ze hebben een grote kantine aan de achterkant.'

We lopen onder de gaanderij door. Mijn linkerheup heeft zijn bestaan weer opgegeven, maar vingers en tenen blijven met de rest meedoen. Uit hun tintelen kan ik afleiden dat het linkerdeel wel ergens aanwezig is. Het volgt de rest gedwee, kennelijk automatisch, maar zonder gevoel. Aan de achterkant van de flattoren komen we uit bij een gazon. Uit een fontein spuit water omhoog. Aan de overzijde staat een identieke torenflat vol blikkerende ramen. Twee mannen in spierwitte hemden gaan al pratend door automatisch voor hen openschuivende glazen deuren naar binnen. Toos wijst op een container op wieltjes, die tegen de blinde achtermuur staat.

'Daar is het restaurant.'

Aan haar toon te oordelen maakt ze een grapje. Maar mij beangstigt haar opmerking toch. Ik bedoel, als zij ook fouten gaat maken, de dingen onjuist benoemt, waar blijven we dan?

Ze blijft naast de container staan. Met een paar handige bewegingen trekt ze de logge legerjas uit en legt hem over mijn arm. Als een kapstok blijf ik staan terwijl zij tegen de container op klautert en haar handen om de rand van de bak klemt. Half over de bak hangend, in haar zwarte tot over de dijen opgeschorte jurk, graait ze met haar handen in het inwendige van de container. 'Vangen,' roept ze, maar mijn lichaam draagt haar jas al. Met een half lichaam kun je ook maar half werk verrichten. Een papieren zak vliegt uit de container mijn richting uit. Ze laat zich zakken, springt dan op de grond en rent naar de zak.

'Hier,' zegt ze, 'zie je nou?' Ze vouwt de zak open. 'Bijna een heel wit.'

Als ik het brood zie heb ik meteen honger. Ik trek twee boterhammen uit de zak en zet mijn tanden erin. De jas glijdt van mijn arm op de grond.

Toos bukt zich en raapt hem op. 'Jij bent me ook een heer zeg.' Ze houdt de jas naar mij op. Ik begrijp wat ze bedoelt. Ik zou haar in haar jas moeten helpen. Zou dat ook wel willen maar het ligt niet in mijn vermogen. Ik heb al mijn aandacht nodig om het brood via de rechterkant van mijn mondholte naar binnen te loodsen.

'Excuseren,' zeg ik als ik mijn mond leeg heb. 'Niet alle verbindingen verlopen nog even voorspoedig. Vijftig procent ondercapaciteit. Misschien later weer.'

Maar ze heeft de jas alweer aan. Kauwend lopen wij onder langs de torenflats, steken een paar parkeerterreinen over waar zich nu steeds meer auto's verzamelen. Het is mij niet duidelijk of haar lopen een doel heeft.

'Waarheen gaat de beweging,' informeer ik daarom.

'Waar onze voeten ons brengen,' zegt ze met haar mond vol. Geen doel dus. Het maakt ook niet uit. Ik zou toch niet weten waar ik heen moest. Als je niet meer weet waar je vandaan komt dan weet je ook niet waar je heen moet.

De korsten van het brood zijn taai als elastiek. Als ik ze

met mijn tanden van het brood lostrek en op de grond gooi, raapt Toos ze meteen weer op.

'We gooien hier niets weg,' zegt ze en propt de korsten in een zak van haar groene jas.

Al lopend zet ik de radio weer aan. Toos reageert niet op de muziek. Scarlatti. Ik probeer de radio harder te zetten, maar zelfs met de volumeknop helemaal open blijft de muziek zacht klinken.

Scarlatti. Waarom weet ik dat zo zeker. Muziek uit het leven hiervoor? Ik luister intens. Ook mijn lichaam reageert enthousiast, maar gedempter toch dan gisteren. Het veert lichtjes op, probeert het gebied tussen tenen en vingertoppen te vullen, maar staakt die pogingen iets onder de heup, alsof de zenuwbanen daar eerst aarzelen en dan uitdoven.

Mijn lichaam? Zo voel ik het niet langer. Het lichaam herbergt mij, maar kan mij ieder moment gedeeltelijk of totaal in de steek laten of vergeten. Mijn denken heeft het onaangetast gelaten, maar mijn vermogen de woorden die ik denk ook uit te spreken geblokkeerd, zodat ik steeds gedwongen word uitwegen te zoeken, zijpaden, die mij weer op andere zijpaden brengen, steeds verder van de eens zo eenvoudig bedoelde mededeling vandaan. Zolang ik niet spreek voel ik mij tamelijk normaal. Daarom zoek ik het spreken niet langer. Mijn lichaam. Zo gauw ik probeer te spreken voel ik mij erdoor gekerkerd. Vroeger zweeg het. Nu spreekt het mij alleen nog maar tegen.

'Kan dat gezwijmel nu eens uit?'

Ik gehoorzaam. Zo zonder plastic tassen ziet Toos er tamelijk gewoon uit. Een verdwaalde actrice op een bouwland. Of als iemand achtergelaten door een circus.

'Hier komt een heel nieuw industriegebied,' zegt Toos en ze wijst naar twee grote borden op palen die midden in de zandvlakte staan. Er zijn letters op geschilderd.

'Een jaar geleden stonden hier nog boerderijen,' zegt ze. 'Ik kwam er dikwijls. Als de kerels op het land waren kon je wel eens aankomen voor een kop koffie en een snee brood. Maar alles is toen onteigend. God mag weten waar die mensen gebleven zijn. Alles ligt onder het zand. Straks zitten daar in de lucht weer een paar honderd man tegen zo'n beeldscherm aan te koekeloeren.'

Haar rijglaarzen zakken diep in het zand. De hakken laten er vierkante putjes in achter. Mijn schoenen zitten nogal los aan mijn voeten, zand schuift tussen mijn tenen, maar dat vind ik niet erg omdat het de eerste keer is dat mijn tenen weer met z'n allen tegelijk iets aanraken. Ergens van binnen wordt kennelijk toch gewerkt aan wederopbouw.

'Heb je gehoord wat ik zei?'

'Voortbeweging. Progressie. Alles onder de bodem. Ik heb je goed verstaan.'

'Je lult als een computer. Maar goed. Ik heb er ook in geloofd, in die vooruitgang. Je stak je in de schulden. Moest zo nodig hebben wat je buren hadden. Tot Thomas op een dag dood neerviel in de werkplaats. Z'n hart. In het begin was ik totaal radeloos. Zo is dat zwerven eigenlijk begonnen. Als ik maar niet thuis hoefde te zitten. Steeds verder weg ging ik, de stad uit. Kijk!'

Ze wijst in een voor mij onbereikbare verte. Ik draai mij een halve slag. Boven een vaalgroene slaperdijk hangt een dichte troep meeuwen. Hun gekrijs dringt helemaal tot hier door.

'De vuilstort,' zegt ze.

'De afvalhoop?'

'Precies. Daar gaan we een kijkje nemen.'

Ik kijk haar onderzoekend aan.

'Een goudmijn,' verzekert ze gedecideerd knikkend met haar gebloemde hoofd.

Van het zandland komen we op een lager gelegen smalle reep weiland, die tot aan de slaperdijk loopt. Overal liggen koeieplakken, maar nergens valt een koe te bekennen. Een paar wolken trekken langzame zwarte schaduwen over het korte, hier en daar al vergeelde gras. Ik draai mij langzaam om mijn as, kijk naar zo'n op ons af vlietende schaduw. Een ogenblik bevind ik mij in zijn kille hand. Dan word ik teruggegeven aan de zon.

Het krijsen van de meeuwen is nu nog duidelijker te horen. Toos is begonnen de slaperdijk te beklimmen. Ik ben wat achtergeraakt, maar zij kijkt op noch om. Als ze boven is haalt ze de papieren zak met de rest van het brood uit haar lange jas. Ze gooit een stuk brood in de lucht en vrijwel meteen hangt de fladderende wolk meeuwen boven haar. De vogels duiken met gedraaide nek naar de opgeworpen stukken witbrood.

Op handen en voeten begin ook ik de slaperdijk te beklimmen. Mijn neusgaten verheugen zich in de scherpe grasgeur. Even laat ik mij op de grond zakken, leg mijn hoofd in het koele gras. Iets van een contour van mijn gezicht wordt voelbaar, maar misschien is dat verbeelding, alleen maar de herinnering aan hoe het aanvoelde eens, dat gezicht van mij. Boven mij krioelen en krijsen de meeuwen. Ik kruip naar boven. De radio stoot een paar keer pijnlijk tegen mijn kin.

Als ik boven kom staat Toos triomfantelijk te midden van

de vogels op de slaperdijk. Haar dikke krulhaar zwiert om haar ronddraaiende hoofd terwijl ze het brood tussen haar handen verkruimelt en opgooit. Als ze mij ziet trekt haar mond in een grijns.

'Zo heb ik ze altijd om mij heen,' schreeuwt ze boven het gekrijs uit.

Als een dompteuse lijkt ze de vogels, die van alle kanten door de lucht aan komen zeilen, te dresseren. Ik herken dat gevoel en glimlach. Ook ik heb eens vogels gevoerd, ergens lang geleden; in een park misschien? Eenden die vlak boven het water met klepperende vleugels op mij af kwamen sprinten. Mijn kleine hand die probeerde de blokjes brood zo ver mogelijk van mij af te gooien, want ik was ook bang voor hen.

Er fladderen mussen tussen de meeuwen rond, maar zij hebben weinig kans. Alleen als een meeuw een stukje brood in de lucht laat vallen en het als door een wonder ontsnapt aan de toesnellende snavels van de eronder vliegende vogels schiet er wel eens iets over voor de tsjilpende mussen op de grond.

Als ze de laatste stukjes brood heeft opgegooid wrijft Toos langdurig in haar handen. De meeuwen blijven nog even boven haar rondcirkelen, maar wieken dan traag alle kanten op. Ik kijk ze na en ontwaar daar beneden drie enorme vuilnisbergen. En nu ruik ik ook de zware bedompte geur van traag rottend afval. Hier en daar kringelen rookwolkjes uit de berg.

'De goudmijn,' roept Toos en begint de slaperdijk af te dalen.

'*King Solomon's Mines*,' schreeuw ik terug, verbaasd waar dat nu weer vandaan komt. Ik weet op de een of andere manier zeker dat het een titel van een boek is. Ik probeer een zo gunstig mogelijke draai met mijn halve lichaam te maken alvorens aan de steile afdaling te beginnen.

Tussen de bergen lopen brede bruine sintelwegen waar de geribde wielsporen van vrachtwagens in zichtbaar zijn. Er is verder niemand op de vuilstort. Zo nu en dan ploft een wolkje zoetige stank uit de flank van een van de bergen. Mijn lichaam protesteert, wil zich van de stank afwenden, maar ik durf Toos nu niet uit het oog te verliezen. Ze loopt doelbewust rond, alsof ze hier wel vaker komt. Ik bekijk de bergen nu wat nauwkeuriger. Veel van de rommel heeft zijn oorspronkelijke vorm verloren. Hier en daar springt het kleurige etiket van een conservenblikje uit de vormeloze hoop naar voren. Een vork steekt uit een modderige bruine substantie en legt een relatie die mijn maag even in opstand doet komen. Delen van de berg zijn zwart geblakerd. Een blauw plastic krat vertoont grote blazen, net brandblaren.

Ik loop achter Toos tot aan de achterste berg. Deze onderscheidt zich van de andere twee. Hij is lager en opgebouwd uit minder vergankelijk materiaal. Dat wat de vuilnisdienst grof vuil noemt. Bedspiralen, een dressoir met gapende gaten op de plaats waar eens ruitjes hebben gezeten, latten vol kromme uitstekende spijkers, stoelen zonder rugleuning, scheefgezakte ijskasten met witte opengeklapte deuren, veel plastic voorwerpen in giftige kleuren, een Tomado-rek waar de wasknijpers nog aan zitten, flarden van kledingstukken, een kartonnen doos vol plastic strandschoenen. Alles ligt in een wankel evenwicht dat nu door Toos, die behendig de berg begint te beklimmen, wordt verstoord. Waar is ze naar op zoek? Zo nu en dan tuimelt onder haar gewicht iets naar beneden. Een ronde stalen bal maakt zich los, rolt over een half uit de berg stekende kamerdeur en valt dan met een plof op de grond, als de geslaagde apotheose van een variéténummer.

'Behoedzaam,' roep ik. 'Voorbeeldig.' Allebei fout, maar ze hoort me toch niet. Ze is nu tot helemaal boven op de berg geklauterd en wroet voorovergebogen met wijd gespreide benen tussen een stapel planken. Haar hoed heeft ze afgezet en naast zich neergelegd. Ze heeft iets zwaars te pakken, dat zie ik aan de herhaalde pogingen van haar gekromde rug iets op te tillen. Nu heeft ze het ding te pakken en draait ze zich, wankelend op de onvaste bodem, om.

In haar handen houdt ze een naaimachine, blinkend zwart en bevestigd op een glanzend gelakte houten bak. Schattend kijkt ze om zich heen waar ze de berg het best af kan dalen met het ding. Licht door haar knieën zakkend, komt ze voetje voor voetje naar beneden geschoven.

'Een Singer,' roept ze me triomfantelijk toe. 'Een echte Singer.'

'Jij kan dan naaien,' roep ik in mijn enthousiasme.

'Dat moet jíj zeggen,' hijgt ze grijnzend terwijl ze de laatste schuine, half glijdende stappen zet. Voorzichtig laat ze de naaimachine voor zich op de grond zakken. Ze richt zich op en plant haar handen in haar zij om haar rug te rechten. 'Jezus, wat een gewicht!' Goedkeurend kijkt ze neer op de naaimachine.

'Antiek,' zegt ze. 'Een echte Singer. Die levert goud op tegenwoordig.'

'Functioneert hij nog naar behoren,' vraag ik. Degene die mijn spraakvermogen regelt drukt zich deftiger uit dan ik zou willen. Maar misschien is deftigheid ook wel niets anders dan nodeloze omslachtigheid.

'Geeft niet,' zegt Toos, nog nahijgend van de klimpartij. 'Als het maar antiek is. Mensen willen wat van vroeger in huis hebben. Eerst flikkeren ze alles weg en dan willen ze het weer terug. Deze ga ik meteen verpatsen.'

Ze doet een paar stappen naar achteren en neemt mij peinzend op. Dan steekt ze abrupt haar hand naar mij uit.

'Ik ga je verlaten Kees,' zegt ze. 'Ik wil nog voor de winkels sluiten in de stad zijn.'

Ze bukt zich en tilt de naaimachine op, die ze met vereende krachten op haar linkerschouder schuift.

'De mazzel Kees.'

Ze draait zich om en begint van mij vandaan te lopen.

'Doos,' roep ik. 'Niet vertrekken. Je hoef! Je hoef!'

Maar Toos draait zich niet meer om. Zonder hoed verdwijnt ze over de bruine sintels achter de vuilnishopen. Snel draai ik een paar keer om mijn as. Terwijl de tranen mij in de ogen springen is het alsof met haar visuele verdwijning ook haar aanwezigheid in mijn hoofd wordt gedempt. Een stoel steekt zijn zitting uitnodigend uit de berg. Ik trek hem eruit en ga erop zitten. De radio steunt tegen mijn borst.

Het is vreemd, maar het leven wil zich niet echt aan mij voordoen, alsof het niet echt het mijne is. Toos, als gestalte van vlees en bloed, lijkt nooit helemaal tot mij doorgedrongen te zijn, al zag ik haar zonet op haar zwarte rijglaarsjes over het sintelpad stappen en voorgoed met de naaimachine op haar schouder achter een vuilnishoop verdwijnen.

Ik zie alles maar ik ervaar wat er gebeurt niet langer als iets dat mij persoonlijk aangaat. Het overkomt me alleen maar. En de herinnering aan het gebeurde is bleek en onverschillig. 'Ik ga je verlaten Kees.' Het klinkt mij nu al als een tekst uit een toneelstuk in de oren. Ze had gelijk. Toen ze daar zo naakt voor mij stond. 'Je staat te kijken of je in een museum bent.' Haar borsten met de bruine vlekken rond de licht gepukkelde tepelhof, het joyeuze toefje schaamhaar tussen haar magere dijen. Signalen die mijn afgevijlde zintuigen niet langer bereikten. Het lichaam van anderen komt mij kennelijk al even onwerkelijk voor als het mijne.

Op de oude stoel met zijn bollende roodbruine zitting kijk ik om mij heen. Boven mij zweven drie meeuwen, laverend op de wind. De zware geur van ontbinding adem ik nu al zonder weerzin in. Ik herinner me die geur uit een platte vuilnisschuit, waar ik met vriendjes naar maandverband zocht. We bestudeerden de bruine, diep in de absorberende laag van het verband getrokken vlekken vol afschuw en opwinding. Vrouwen bloedden, eens per maand, al hadden wij dat nooit gezien. Ten slotte bekogelden we elkaar met de gevonden maandverbanden tot een opzichter van de reiniging of een passerende oudere vrouw op een fiets ons van de schuit af joeg.

Weer krijg ik tranen in mijn ogen. Vroeger huilde ik nooit en nu lijken de tranen iedere kans te benutten. Ik moet huilen omdat deze herinnering zo scherp en helder en levendig is en mijn omgeving zo dof en toonloos. Ik kwam uit een volle, geurende wereld vol geluiden en gebeurtenissen. En nu? Waar is die wereld gebleven?

Ik kan mij nu voorstellen hoe het is om kleurenblind te zijn. Achter al die verschillende grijstonen gaan kleuren schuil, kleuren die voorgoed onbereikbaar zijn geworden. Alles wat je ziet raakt doortrokken van de melancholie over een definitief verlies. Er is van binnen uit een ingreep gepleegd. De vraag is of zij definitief is of dat er nog een weg terug is, een mogelijkheid tot herstel.

Mijn ogen speuren deze stapelplaats van afgedankte gebruiksvoorwerpen af. De hoeveelheid bedspiralen is opvallend, alsof een groot deel van de bevolking regelmatig besluit een nieuw bed aan te schaffen (of op te houden met slapen). Een stofzuigerslee werkt in deze omgeving van totale vervuiling en verval licht komisch. Ik moet denken aan de stofzuigerzak in zijn plastic binnenste, misschien nog gevuld met het stof van het interieur waar hij de geest heeft gegeven.

Losse balpoten, een haardrooster, rood van de roest, een wastafel met een driehoekig gat in de ronde porseleinen bak, een uit elkaar hangend Electrospel. Ik sta op.

Eens waren ze heel, maakten ze deel uit van een interieur, een interieur zoals ik het eens ook bezeten moet hebben. Een verzameling voorwerpen die je in een eigen slagorde om je heen zet om zo de chaos buiten de deur te houden.

Ik pak de rode en blauwe draadjes van het Electrospel. Aan het uiteinde van de draadjes horen een soort stekkertjes die in de ronde gaatjes in het karton van de doos passen. Ik zie een jongetje met blond haar de stekkertjes in de gaatjes steken en breed lachen als het lampje, midden in de doos, rood opgloeit. Waar komt dit beeld vandaan. Ben ik dat, vroeger, of is het een kind van me? Het moet wel het laatste zijn, in mijn jeugd bestond dat spel nog niet. Maar ik kan mij niet herinneren kinderen te hebben, een vrouw. Het zou kunnen. Misschien is het gewoon iets dat ik ergens gelezen heb. Ik wend mij van het spel af, laat het verdwijnen in het deel van mijn blikveld waar alles als bij toverslag onzichtbaar wordt.

Langzaam loop ik om de berg huisvuil heen. Met mijn maar half functionerende lichaam durf ik de berg niet op. Dan valt mijn oog op een voorwerp dat ik niet meteen herken. Paniek slaat toe omdat ik weet dat ik het zou moeten herkennen. Ik ken het ook wel, maar de wetenschap is weggeborgen, onbereikbaar. Aarzelend steek ik mijn hand uit, streel de witgeverfde ijzeren stang die eindigt in een matglazen kelk. Onder aan de stang zit een rond glimmend stalen voetstuk waar een snoer uit komt dat eindigt in een stekker. Mijn vingers betasten de binnenkant van de kelk, trekken hem uit de berg naar mij toe. Dan verdwijnen ze in een ronde koperen opening. Ik voel de schroefdraad aan de binnenkant. Alle details van het voorwerp hopen zich in mij op, als de delen van een zin. Pas als mijn vingers de bodem van de opening raken en op een soort palletje stuiten geeft mijn lichaam de naam vrij. Lamp. Die ronde opening heet fitting. Je draait er een gloeilamp in, steekt de stekker in het stopcontact en je hebt licht. Ik trek de lamp helemaal uit de berg, zoek al ronddraaiend de stoel weer op en zet hem ernaast. Ik ga zitten, houd de lamp als een staf bij de stang vast. Vreemd. Nu al kan ik mij niet meer voorstellen dat ik zoëven geen idee had van zijn naam, noch van zijn functie. Het had van alles kunnen zijn. Zo kun je niet leven. De vingers van mijn rechterhand strelen de gladde stang. Lamp.

Er zitten niet zozeer lacunes in mijn kennis, zoals ik eerder dacht toen ik aanvankelijk moeite had de transistor te herkennen. Nee, er zijn geen gaten geslagen, de kennis ligt alleen anders opgeslagen, volgens een rangschikking die ik nog maar nauwelijks ken. Iets heeft mij opnieuw geprogrammeerd waardoor ik niet meer bij informatie kan komen die ik weet wel ergens te bezitten. Soms komt muziek mij te hulp, soms mijn tastzin. Alleen de taal weigert mij te gehoorzamen. Letters zeggen mij niets meer (de sweater van het meisje in de snackbar was bezaaid met onleesbare boodschappen) en tussen denken en spreken zit niet langer dat vanzelfsprekende doorgeefluik dat daar vroeger altijd gezeten heeft.

Toch moet ik zien door stelselmatige proeven erachter te komen waar en hoe de verbindingen precies verstoord zijn. Als ik eenmaal achter dat programma ben kan ik mijn taalgebruik misschien aan die nieuwe code aanpassen. Maar als die code nu eens onbereikbaar is geworden voor mijn gehavende bewustzijn. Niet aan denken. We moeten verder.

Sommige voorwerpen die uit de grauwe berg te voorschijn steken hebben zoveel van hun onderdelen verloren dat hun vroegere functie niet meer te achterhalen valt. Een ijzeren plaat, groen geschilderd, met uitgestanste gaten van verschillende afmetingen en vormen (kleine en grote cirkels, aan de uiteinden uitgestanste rechthoeken) heeft ooit van iets de basis gevormd, maar is door de afwezigheid van de rest onbenoembaar geworden, zoals alles wat hier ligt op weg is naar onherkenbaarheid. Of ligt het toch aan mij en zou ik moeten weten waar deze plaat met zijn gaten eens voor gediend heeft? Niet aan denken.

Plotseling voel ik een steek ter hoogte van mijn linkerheup. Pijn die mijn hoop opeens doet herleven dat mijn lichaam nog steeds op zoek is naar zijn beeld. Alsof het, net als ik, een deel van zijn herinneringen kwijt is en ze nu probeert op te sporen.

Ik draai de radio aan en zoek een station met muziek op.

Ik herken een salonstukje voor viool en piano uit de vorige eeuw. Het klinkt zo zacht dat het niet helemaal tot aan de linkerkant kan worden doorgegeven, hoe dicht ik het toestel ook bij mijn oor houd. Het hele linkerbeen begint weliswaar te tintelen, geeft zijn contouren aan als op een blinde kaart, maar weigert zelfstandig te bewegen, welke opdracht ik er ook met mijn gedachten heen stuur. Ik zoek een andere, mogelijk krachtigere zender op. Maar de stations blijven allemaal even zacht. De batterijen moeten aan het leeg raken zijn.

Met de nu bijna onhoorbaar spelende radio om mijn nek loop ik langzaam om de berg heen. De muziek is nog net krachtig genoeg om mij de linkerkant van mijn gezichtsveld terug te geven, zodat ik grotere delen van de belt in één keer kan overzien. Ik speur naar afgedankte apparaten waarin misschien nog batterijen zitten met restjes achtergebleven energie erin. Vaak gooien mensen kapotte apparaten met batterijen en al weg, zelfs als die er op dat moment net zijn ingezet. Maar hoe ik ook zoek, nu vind ik ze nergens. Ik hoor hoe de radio langzaam wegsterft, eerst alleen nog maar een zacht ruisen afgeeft en ten slotte helemaal zwijgt. Mijn eerste zorg: nieuwe batterijen vinden. En iets om te eten.

Ik loop terug naar de stoel, zet de radio uit en open het klepje aan de achterzijde. Ik wip twee langwerpige batterijtjes uit de holte en stop ze in mijn zak. Dan hang ik de radio weer om mijn nek. Ik zou hem liever in mijn hand houden, maar ik ben bang dat hij dan in het afwezige deel van de wereld zal belanden en ik hem niet meer terug zal kunnen vinden.

De zon is gedraaid, schijnt nu in mijn rug. Ik sta op. Even

kijk ik naar de staande lamp en de stoel midden op de weg. Het lijkt op het begin van een interieur, een parodie op vroegere omgevingen. Er doemt een beeld van een serre vol klimplanten en rieten meubels op dat ik zo gauw nergens kan thuisbrengen. Fantasiebeelden en echte herinneringen lopen misschien wel dwars door elkaar. Die mogelijkheid stemt mij niet vrolijker. Ik heb bovenal behoefte aan eenduidigheid. Maar hoe het verschil te bepalen tussen een echte herinnering en iets dat ik gelezen heb of me zo maar verbeeld? Is dat onderscheidingsvermogen verloren gegaan of houdt het zich ergens anders schuil? Voor mijn gevoel is mijn lichaam nu veel groter dan vroeger, oneindig uitgedijd en zo duizelingwekkend dat ik mijn ogen automatisch sluit als ik daaraan denk. Ik had een lichaam, altijd al, maar nu pas leer ik zijn ware, mateloze aard kennen.

2

Ik hoor een auto naderen, een motor zwaarder dan van een personenauto maar lichter dan van een vrachtwagen. Snel tol ik enige keren in de rondte, maar nergens zie ik iets aankomen. Zonder hulp van de radio kan ik alleen maar naar rechts, waar meeuwen krijsend opstijgen van de bergen vuilnis. Achter een op zijn kant gevallen wielloze bakfiets duik ik weg. Ik hoor portieren slaan, de stem van een man, dan een andere stem die antwoord geeft. Voorzichtig kom ik omhoog en loer over de houten rand van de bak. Ik kijk tegen de zijkant van een vrachtwagentje met open laadbak aan, gespoten in een besmuikte mosterdkleur. Boven de zwarte spatborden lopen langgerekte dunne modderstrepen. Een man met een zwarte borstelsnor laadt iets uit. De andere man, jonger dan die in de laadbak, pakt het aan. Als hij zich in zijn mosgroene trui en spijkerbroek omdraait zie ik dat hij nummerplaten van auto's in zijn handen houdt. Hij loopt met de platen in de richting van de berg grof vuil. Dan zie ik hoe hij een ogenblik voor de stoel en de schemerlamp blijft staan, ze dan omvertrapt en behendig omhoog begint te klimmen. Zo nu en dan houdt hij balancerend even stil en schuift een nummerplaat tussen het vuilnis. Met licht achterovergebogen romp keurt hij zijn werk. De platen mogen niet zichtbaar zijn. Het beroep van de mannen is mij wel duidelijk. Steeds hoger klautert de jongen met de nummerplaten tussen ijskasten, keukentafels, onttakelde bankstellen en bedspiralen door. Als hij boven op de berg staat en al de nummerplaten in de berg verdwenen zijn bukt hij zich. Hij raapt iets op, zet het op zijn hoofd en maakt een onhandig rondedansje waarbij hij de bloemenhoed ten slotte hoog de lucht in gooit.

Het zien van de hoed werkt als een magneet op mijn zenuwstelsel. Ik schiet overeind en stoot daarbij tegen de bakfiets die tergend langzaam omvalt. 'Hoef,' roep ik. 'Doos! Hoef!'

De zwarte man met de snor is in twee sprongen bij me. Hij grijpt me ruw beet. De transistor wordt pijnlijk tegen mijn borstbeen geperst. De man houdt mij stevig in zijn greep terwijl de jongen met sprongen de vuilnishoop afdaalt.

'Wat deed jij daar vader,' vraagt de jongen, vriendelijker dan ik had verwacht. De zwarte schudt mij door elkaar om mijn antwoord te verhaasten. Ik merk dat de verbinding tussen linkerheup, knie, kuitbeen en voet plotseling is hersteld. Door de angst? Ik raak er zo van in de war dat ik het antwoord schuldig blijf.

'Laat hem los,' zegt de jongen gebiedend. Zijn handen glimmen van de olie. Als de man met de snor mij loslaat voel ik hoe de coördinatie met mijn linker deel wegsijpelt. Onwillekeurig draai ik mij naar rechts.

De zwarte trekt mij weer tot vlak voor zijn gezicht. 'Weglopen is er niet bij, hè?'

'Goedwillend,' stamel ik. 'Van goede wil bedoel ik!'

De jongeman doet een stap naar voren. Hij staat nu naast zijn collega. Of zijn het broers? Ze hebben dezelfde recht uit hun voorhoofd komende neus.

'Wat heb je gezien?'

De zwarte begint ongeduldig te worden. Zijn handen verdwijnen in de zakken van zijn pilobroek.

'U heeft afstand gedaan van kentekens,' zeg ik.

'Zeg, praat jij altijd zo,' zegt de jongen met een kil lachje dat ogenblikkelijk weer verdwijnt.

'Ik vertrouw hem niet,' zegt de zwarte man. 'Hij houdt zich van de domme.' Hij snuift diep als een dier, zijn snor trekt scheef naar beneden.

'Ik ben in spraakverwarring geraakt. Alle explicatie valt mij zwaar.'

En weer kiest mijn spraakvermogen het anonieme centrum dat dat tegenwoordig regelt, voor een omslachtige, veel te plechtige versie van wat ik zeggen wil.

'Of het is een professor of hij is maf. Een van de twee,' concludeert de jongen.

'Ik vertrouw hem niet,' herhaalt de snor.

'Dan nemen we hem toch mee voor verhoor,' grinnikt de jongen met een knipoog. De ander lijkt dit wel een goed idee te vinden. Hij pakt mij vast en duwt me in de richting van de laadbak. 'Vooruit,' zegt hij. 'Erin.'

Voor de naar beneden hangende laadklep tilt hij mij plotseling met beide armen op. Ik spartel in de lucht. Met beide benen! Dan beland ik met een smak tegen de achterwand van de cabine, waarin de jongen de motor start.

De man met de snor gaat op zijn hurken tegenover mij zitten. Met gespreide armen houdt hij zich aan de zijwanden van de laadbak vast.

'Zet die radio eens aan.' Het klinkt als een bevel.

'De stroom is dood,' zeg ik en leg mijn rechterhand beschermend op het aluminium kastje voor mijn borst.

'Je bedoelt dat de batterijen leeg zijn,' zegt hij.

Ik knik.

'Zeg dat dan,' antwoordt hij in een accent dat me vaag bekend voorkomt. De man is me totaal vreemd, maar het dialect dat hij spreekt ken ik.

Ik heb geen idee hoe lang of kort ik hier nu al op het autokerkhof woon. Karel en Cor – het zijn inderdaad broers – hebben mij in een wielloze caravan achter op het terrein ondergebracht. Er staat een bed en een olielamp aan het plafond zorgt voor wat gelig licht. Zelf wonen ze in een sta-caravan vlak bij de ingang van het terrein, dat met een geïmproviseerd hekwerk van de omringende weilanden is afgesloten. Overdag zijn ze meestal met hun vrachtwagentje op pad. Dan loop ik met hun keeshondje Sara op het terrein rond. Soms jaag ik een paar op het terrein rondscharrelende jongetjes met woeste kreten terug over het hek. Dat geeft me een plezierig gevoel, een gevoel van terugkerende macht.

Ik heb gemerkt dat mijn geheugen iets beter werkt. Nog niet zo lang geleden leken de gebeurtenissen door mij heen te stromen zonder dat ik er veel van vasthouden kon. Nu blijft er hier en daar weer iets hangen, al ben ik niet helemaal zeker van de precieze volgorde waarin ze zich hebben afgespeeld. Maar er is tenminste weer iets terug van het gevoel in de tijd te leven, in dezelfde tijd waarvan ook Karel en Cor deel uitmaken. Cor, de jongste, heeft mij een horloge gegeven. Ik herinner me het verband tussen het bewegen van de zon en de wijzers op het uurwerk. Maar ik heb voor hem verzwegen dat ik niet langer klokkijken kan. Toch geven de verschuivende wijzers mijn dag inhoud, zoals de opeenvolgende hoofdstuknummers van een roman. (Hoe kom ik aan deze vergelijking? Het is alsof zij mij meer te zeggen heeft dan een willekeurig gekozen voorbeeld.)

Ik ben nog steeds niet helemaal de baas over de linkerkant van mijn gezichtsveld. Dingen kantelen regelmatig uit mijn blikveld, maar hun hele of halve afwezigheid veroorzaakt niet meer die wilde paniek van eerst. Ik weet dat ze er zijn, dat ze blijven, dat de wereld niet beweegt.

Ik schrok alleen hevig toen Karel mij op een dag een krant toewierp en mij gelastte hem voor te lezen. Niet alleen dat ik de krant niet kon lezen (zoals ik al min of meer had verwacht), ook het begin van iedere gelezen zin bleek nu verdwenen! En als ik met mijn ogen verder langs de regels gleed, verdween ook de rest van de zin, alsof zich daar ergens aan de linkerkant een stofzuiger bevond die alle woorden, alle letters opzoog.

Het vreemde was dat ze opgelucht reageerden toen ik met een bedroefd gezicht mijn hoofd schudde, de krant wegschoof en hun duidelijk probeerde te maken dat ik het lezen niet langer machtig was. Die mededeling maakte hen vrolijk. Misschien werd die vrolijkheid ook wel veroorzaakt door de drank, ze zaten 's morgens al vroeg aan de halve liters.

Ze gingen anders nogal laconiek met mijn spraakproblemen om. Vooral Cor was slim genoeg om de juiste bedoelingen achter al die verkeerd geplaatste zinnen van mij te raden. Soms zette hij mij halverwege zo'n verbrokkelde zin weer op het juiste spoor. Zo wist hij ook meteen dat ik met notensmeersel pindakaas bedoelde. Karel verbaasde zich daarover. Voor hem was ik eenvoudig gestoord. Misschien vond Cor dat ook wel, maar hij zag op de een of andere manier wat er aan de hand was, dat er lijn in de stoornissen zat, een soort logica en dat ik niet zo maar wat zei.

Karel is een zwijgzame, norse man. Toen ze mij meenamen naar hier was hij in het begin erg argwanend. Het viel hem niet aan zijn verstand te brengen dat ik eenvoudigweg niet naar de politie zou kunnen lopen omdat ze me niet zouden begrijpen. Daarom sloot Karel mij in het begin ook op als ze weggingen. Cor had toen op een avond in de sta-caravan aangetoond dat ik Karel niet kon verraden. Hij deed alsof hij een rechercheur was en mij ondervroeg. Nu hij mij niet meer bij het formuleren hielp, was ik al na een paar seconden de draad kwijt. Zie je wel, had hij na een tijdje tegen Karel gezegd; misschien dat hij het wel weet, maar zeggen kan hij het in ieder geval niet. Daarna liet Karel het hek open als ze weggingen.

En dat is nu precies wat mij zo wanhopig maakt. Ik begrijp alles wat er gezegd wordt, maar zelf deelnemen aan het gesprek is zo goed als uitgesloten. Meestal neem ik mijn toevlucht tot eenvoudige tekst, een zinnetje van een woord of vier. Daarom kaart ik liever met ze; toepen of eenentwintigen. Toch moet ik de moed niet verliezen. Vroeger was ik de baas over mijn taal, nu is mijn lichaam dat. Toch ontstaan er soms kieren waardoor een verbinding ongestoord tot stand kan komen. Het kan dus nog steeds.

De linkerkant van mijn lichaam lijkt nu definitief ontwaakt te zijn. De tinteling in mijn vingertoppen en tenen is verdwenen, mijn linkerhand en voet zijn nu weer gewoon de hele tijd zwijgend en vanzelfsprekend aanwezig. Ook de heup is gevoelig geworden. Nu tintelt de dij al tot aan de knieschijf. Maar daaronder verlaat het lichaam (of zijn evenbeeld) mij weer, is er een blinde vlek. Of eigenlijk nog niet eens dat. Daar begint het vormeloze, de ruimte in de wereld, los van de dingen die haar zin geven, substantie. Vroeger – in een vroeger, ander leven ben ik geneigd te denken – heb ik die ruimte nooit zo ervaren. Misschien bestond ze niet of was ik er op de een of andere manier tegen bestand, zoals tegen een virus. Nu ervaar ik haar als een kracht die voortdurend aanwezig is, erop gericht mij te elimineren, mijn denken te ontregelen en mijn lichaam op te heffen. Op zulke momenten kruip ik in elkaar en verberg mijn hoofd in mijn handen, of ik verwond mij, in de hoop dat de pijn de paniek zal verdrijven. Na verloop van tijd voel ik de angst dan wegebben, de druk op mijn lichaam verminderen en mijn denken terugkeren in omkaderde banen. Maar wat blijft is de herinnering aan een soort moordaanslag waaraan ik op het nippertje ben ontsnapt. Maar wie pleegt die: mijn lichaam of de ruimte erbuiten?

Toch is het duidelijk dat er zich binnen in mij processen afspelen die trachten de oude verbindingen weer te herstellen, de innerlijke ruimte weer op te bouwen van waaruit het mij steeds beter afgaat de ruimte daarbuiten te beoordelen en wellicht zelfs eens opnieuw naar mijn hand te zetten.

Overdag loop ik met Sara op het autokerkhof rond. In het begin had ik nauwelijks een idee van de omvang ervan. Nu weer eens leek het me eindeloos, dan weer stuitte ik tot mijn verbazing direct op het scheefgezakte hek waarachter de weilanden en de sloten lagen.

Vaak sta ik lang voor het hek te kijken naar het kortgegraasde gras dat huivert in de wind, naar de grazende koeien en schapen of naar het silhouet van een boer op een trekker. Op de een of andere manier zegt het me iets. Ik weet zeker dat dit land iets met mijn leven van vroeger van doen heeft. Twee eenden, rondpeddelend in een sloot tussen twee weilanden kwaken en opeens schuift er een beeld naar voren, zo duidelijk en abrupt dat ik ervoor terugdeins.

Ik zat op het houten schijthuis achter in de tuin van ome Daan. De ronde deksel lag naast mij op de troon, zoals ome Daan de planken kist met het ronde gat in het midden noemde. Het schijthuis was over een sloot heen gebouwd. Voordat ik op de troon klom keek ik altijd eerst in het gat. En op een keer verschenen daaronder plotseling twee eenden en kwaakten luid, met wijd open, opgerichte snavels. Ik schrok zo dat ik meteen geen aandrang meer voelde.

Ome Daan was de dikste man uit onze familie. In de halfronde, ingemetselde ovens bakte hij niet alleen brood, maar ook enorme hoeveelheden koekjes, die geurend naar spijs en speculaas op grote zwarte bakplaten door hem uit de oven werden getrokken met kolenschoppen van handen, die dofwit zagen van het meel. 's Morgens om vijf uur werd ik door ome Daan gewekt. Dan mocht ik hem helpen met het opstoken van de nog van de vorige dag nagloeiende oven, waarin zakken vol ritselende kolen verdwenen. Voor het hek staand, snuif ik de gassige lucht van de kolen op, voel het water in mijn mond lopen als ik aan de speculaasjes denk, hard en nog warm, die hij mij toestopte.

Ik heb nooit meer aan ome Daan en de bakkerij gedacht. Hij is allang dood en de bakkerij is verkocht aan iemand die er een fietsenwinkel is begonnen. Maar hij leeft nog steeds in mij, dik en geurend naar brood en speculaas met zijn trillende onderkinnen en zijn imposante buik waarover het witte werkschort strak gespannen staat.

Natuurlijk heb ik jeugdherinneringen, zoals iedereen, maar ze manifesteren zich in mijn nieuwe toestand met de allesomvattende duidelijkheid van een moment in het heden. Alsof er geen wezenlijk verschil is en alle momenten uit je leven te allen tijde, tot in de kleinste details, aanwezig zijn. Aanwezig ja, maar niet altijd op te roepen, zich soms schuilhoudend in de plooien van een belemmerend heden. Want waar stond die bakkerij precies. Hoe heette dat dorp?

Ik zie de straat voor me. Er waren meer winkels, een melkboer met in de etalage een grote glazen kom gevuld met witte en bruine eieren, een slagerij met tegen de betegelde achterwand een schoolplaat met een grote koe erop. De koe was door zwarte strakke lijntjes in parten gedeeld waarin de naam van het betreffende deel van het dier stond gedrukt. Ik moet dit alles als kind tijdens het boodschappen doen in mij hebben opgenomen. En nu komt het naar boven alsof ik dat kind weer ben en daar sta met het boodschappenboekje van mijn moeder in mijn hand geklemd. Nee, ome Daan woonde in een ander dorp. Maar wat was dit dan voor dorp?

Aan de horizon staat een rij iepen te wiegelen. Windsingels. Kraaien lijken zich al rondfladderend te ergeren aan de harde wind die hun veren uit elkaar blaast. Ze krassen luid en opstandig.

Het keeshondje is in een Opel zonder deuren gekropen. Ik ga naast de hond achter het stuur zitten. Het woord windsingel zingt nog na in mijn hoofd. Ook dat woord heeft iets met vroeger te maken, met mijn jeugd, met een vader die met één hand aan zijn hoed tegen de wind over een dijk fietste om de vroedvrouw te waarschuwen dat er een kind op komst was.

De keeshond naast mij hijgt in korte stoten, zijn roze dunne tongetje trillend uit zijn bek.

Ik kijk door de smerige voorruit naar de half over elkaar heen geschoven auto's op de sloop.

Ik vond er nog steeds maar moeizaam de weg omdat ik steeds maar een deel van het terrein kon overzien en die afzonderlijke delen in mijn hoofd niet tot een eenheid kon maken. Om mijzelf beter te kunnen oriënteren was ik begonnen op bepaalde plekken glinsterende wieldoppen neer te leggen die ik met zwarte verf nummerde (cijfers herinnerde ik mij in hun opeenvolging volledig. Ik kon er alleen de functies niet meer op toepassen die ik eens op school geleerd had en waarmee je ze met elkaar kon combineren, ze laten bewegen).

Op een avond probeerde ik een soort kaart van het terrein te maken. Cor moest me helpen omdat het linkerdeel van de kaart voortdurend uit het zicht verdween en ik mij meermalen om mijn as moest draaien om dat deel in mijn geheugen te prenten. Ik voelde mij als een uitvinder op zoek naar een uitvinding, opgewonden bij het idee, maar compleet stuurloos, volledig zonder plan. Die avond ontdekte ik dat ze geen van beiden schrijven konden. (Dat kon ik nog wel, al kon ik vreemd genoeg dat wat ik geschreven had niet zelf lezen.) Dat verbaasde mij. De kaart was niet meer dan een slordige rechthoek met een wijde cirkel van nummers erin getekend, die met de wijzers van de klok meeliepen. Steeds weer opnieuw telde ik, beginnend bij de een. Ten slotte hield ik een kaart in mijn handen die ik niet lezen kon. Toch gaf hij mij het gevoel dat ik zo meer greep op mijn omgeving kreeg.

Cor snapte dat, zei hij. Zelf bracht hij, als hij wel eens naar een plaats moest waar hij nooit was geweest, tekens op straat aan om zo de weg terug te kunnen vinden; een privé-kaart die hij over de bestaande plattegrond van de geletterden heen legde.

Maar met mij was het anders. Ik kon schrijven, maar naderhand niet lezen wat ik geschreven had. Zo gauw ik letters aan het papier toevertrouwde verdween hun betekenis uit mijn hoofd. Alsof het schrijven mijn denken wiste. Dat is de reden dat ik er meteen weer mee ophield, hoe gefascineerd vooral Karel ook toekeek. Hij geloofde niet dat ik niet kon lezen wat ik daarnet zelf neergeschreven had. Maar Cor begreep het. Of deed alsof hij het begreep. Misschien valt het ook niet te begrijpen.

Vaak brachten Cor en ik de avonden alleen in de sta-caravan door. Karel was een paar keer in de week weg. Op karwei, zoals hij dat noemde of naar een vrouw van wie de naam nooit werd genoemd. Op die avonden kookte Cor op het driepitsgasstel. Meestal trok hij een blik open, waarvan de broers een onuitputtelijke voorraad leken te bezitten. Vooral bruine bonen vormden een favoriet gerecht.

Cor was een nerveuze, spraakzame jongen die zichtbaar leed onder het regime van zijn norse broer. Hij wilde ermee ophouden, terugkeren in de maatschappij, zoals hij het noemde, maar zijn broer wilde hem niet laten gaan. Bovendien, zo zei Karel, wie wil er nou iemand die gezeten heeft? Werk krijg je daar nooit. Karel sprak over de maatschappij alsof zij zich ergens in het buitenland bevond. Over vroeger spraken de broers nooit. Het was alsof zij altijd zo op dat autokerkhof hadden geleefd, ver van de bewoonde wereld.

Als Cor met mij alleen was durfde hij vrijuit te spreken. Hij kon met overgave over zijn plannen praten. Op een dag zou hij naar school gaan en leren lezen. Dan zou de wereld voor hem opengaan. Eigenlijk is het te gek, zei hij; praten leer je vanzelf, maar schrijven, dat moet je leren.

Op een avond probeerde ik hem, met een omhaal van woorden, die van alle kanten kwamen toegesneld, mijn situatie duidelijk te maken. Het is, zo zei ik ongeveer, alsof ik eerst alles uit een andere taal moet vertalen voordat ik kan beginnen met spreken. Vaak kom ik dan op een woord dat wel in de buurt ligt van wat ik wil zeggen maar er net naast zit. Je weet niet half hoe erg dat is. Alsof je plotseling te stom voor woorden bent geworden.

Met behulp van de kaart leken de slordig door elkaar staande auto's en stapels losse onderdelen, zo'n beetje soort bij soort over het terrein gerangschikt, weer een verband met elkaar aan te gaan. Langzamerhand kwam er voor mij orde in het gebied, zodat ik nu vrij moeiteloos onderdelen voor Karel kon vinden die hij 's morgens in het autootje laadde om ze ergens te gaan verkopen. Na verloop van tijd–hoe lang weet ik nog steeds niet precies–liet ik de kaart in de caravan. Het gebied zat nu in mijn hoofd. Al verloor ik de linkerkant nog regelmatig uit het zicht, het afwezige stuk van de wereld werd vrijwel meteen gevuld met een mentale voorstelling ervan, gebaseerd op of in ieder geval tot stand gekomen met behulp van de kaart die ik aan een van de wanden van de caravan had geprikt.

Als Cor en Karel 's avonds wel eens samen weggaan, zoals nu, zit ik hier met Sara in de caravan en luister naar de radio waar Cor voor mij nieuwe batterijen heeft in gezet. Ik heb de indruk dat muziek – vooral klassieke – een heilzame werking heeft op de genezing van de linkerkant van mijn lichaam. In hoeverre het effect van blijvende aard is zal ik moeten afwachten. In ieder geval verdwijnt het begin van een zin niet langer uit het gezicht wanneer ik naar de krant voor mij kijk terwijl er muziek aanstaat. Mijn handen verrichten gecoördineerde handelingen zolang de muziek voortduurt. Als ze plotseling ophoudt, blijven mijn handen minutenlang hun laatste bezigheid herhalen, alsof de muziek hen bezworen heeft. Op dezelfde manier kan ik ook in een woord blijven hangen. Het woord windsingel bijvoorbeeld. Het is een woord dat ik zonder moeite uit kan spreken en dat allerlei handelingen blijkt te kunnen coördineren, al begrijpen Cor en Karel niet waarom ik steeds maar 'windsingel' mompel terwijl ik mijn soep naar binnen zit te lepelen.

De wijzers van het verlichte horloge aan mijn pols overlappen elkaar precies boven aan de wijzerplaat. Sara ligt met haar kop op haar voorpoten op de andere autostoel te slapen.

'Zoals het klokje thuis tikt.'

Ik heb ontdekt dat vrijwel alle spreekwoorden heelhuids naar buiten komen. Soms mompel ik in bed hele reeksen, om het pure plezier van het aaneengesloten spreken, het niet langer ernaast spreken, al zou een ander aan die zinloze aaneenrijging van gezegdes weinig hebben.

Ik sta op en draai de olielamp aan het plafond laag. Sara heft even haar spitse kop, maar als ze ziet dat ik de dekens van mijn bed opensla laat ze haar kop weer op haar voorpoten zakken en sluit haar ogen.

Als ik wakker schrik weet ik even niet waar ik ben; in mijn droom, in de werkelijkheid of nog ergens anders (zoals ik dat vroeger als kind ook wel had, een korte verwildering waaruit ik snakkend naar adem bovenkwam). In de gedempte lichtkrans van de opgedraaide olielamp zie ik Cor met Sara in zijn armen staan. Karel staat in de deuropening van de caravan en gebaart dat ik uit bed moet komen.

'We hebben een klus waar we jou bij nodig hebben,' zegt Cor en streelt ondertussen de keeshond over haar snuit.

'Meteen,' vraag ik en tik op de wijzerplaat van mijn horloge. 'Op deze stip van tijd?'

'Kleed je aan,' zegt hij.

Ik hang de transistor om mijn nek en zoek een zender op. Het aankleden gaat mij nu zonder noemenswaardige moeite af; zolang er maar muziek is. Een Nederlandse zangeres zingt over eenzaamheid en vakantie.

'Jezus,' bromt Karel in de deuropening leunend, 'moet dat, op dit uur?'

'Laat hem,' zegt Cor en reikt hem het hondje aan. 'Hier, sluit jij Sara even op.'

Alleen met Cor voel ik mij een stuk beter op mijn gemak. Gehurkt helpt hij mij bij het strikken van de veters die hij, toen ik hier kwam, uit een paar oude schoenen van zichzelf heeft gehaald. Ik kan de muziek nu wel uitzetten.

'Tijdens deze,' begin ik. 'Geen hand voor ogen. Hoe willen jullie dat klaarmaken?'

‘We weten waar we zijn moeten,’ zegt Cor en komt overeind.

‘Wie goed doet.’ Ik wijs op de gestrikte schoenen. ‘Welke handelingen zijn er te verrichten?’

Cor duwt mij zacht maar dwingend voor zich uit naar het buitentrappetje van de caravan.

‘Op de uitkijk staan,’ zegt hij. ‘Luisteren of er iemand aankomt. Meer niet. Snap je?’

Ik knik. Cor houdt mij aan één arm vast. Echt nodig is dat niet, het is een heldere nacht. De opstaande motorkap van een vrachtwagen werpt een scherpe schaduw waar we doorheen moeten (schaduwen hebben voor mij substantie, voor Cor kennelijk niet).

Karel staat al buiten voor het hek naast de auto. De koplampen werpen ieder een lange lichtbundel op de hobbelige weg waarvan de ergste gaten met los puin zijn dichtgestort. Ik kijk langs de lichtbanen van de koplampen en zie muggen en kleine insekten ronddansen tot aan de lichtgrens, waar de lucht in golvende beweging raakt en waar ik dus niet te lang naar moet kijken.

‘Ik heb het hem verteld,’ zegt Cor tegen Karel.

‘En? Heeft ie het begrepen?’

‘Ja toch?’

Ik knik. Ik moet naast Cor in de cabine gaan zitten. Karel klimt achter in de laadbak.

Er wonen hier in de buurt niet veel mensen. De meeste boerderijen liggen donker onder aan de dijken. We rijden over lange kaarsrechte wegen. De populieren aan weerskanten van de weg stormen in het licht van de koplampen langs ons heen. Er is verder niemand op de weg. Heel in de verte brandt een oranje vlam. Een vreemd gezicht, zo’n los in de donkere nacht hangende vlam. Maar ik weet dat er een schoorsteenpijp onder zit. De wereld bestaat gelukkig niet meer alleen uit regelrechte observaties, ik kan datgene wat ik zie weer aanvullen met wat ik weet, wat ik mij herinner van eerder gedane waarnemingen.

De motor van het vrachtautootje maakt mij slaperig. Een paar keer dommel ik weg, schrik dan weer wakker als mijn kin tegen de transistor stoot. Cor tuurt gespannen voor zich uit. Ik kijk even achterom, maar door het donkere cabineraampje valt niets te zien.

Plotseling buigt de weg naar links. Maar Cor blijft gewoon rechtdoor rijden. Hij maakt geen enkele aanstalte het stuur naar links te draaien. Er dringt een verstikt schor geluid uit mijn keel. Ik probeer zijn arm te grijpen, het stuur naar links te rukken, maar Cor slaat mij met een harde stomp van zich af.

'Klootzak, wil je soms een ongeluk?'

Ik zeg niets terug. Ik weet zeker dat ik de weg naar links zag gaan en nu weet ik ook opeens zeker dat ik vroeger auto heb gereden.

Nachtblind noemen ze het. Ik reed liever niet 's nachts omdat ik dan allerlei dingen zag die er niet bleken te zijn. Een soort hallucinaties, zei de dokter. Vooral als mensen oververmoeid zijn kunnen ze daar last van krijgen. Ik lach om deze duidelijke herinnering, plotseling opduikend, zoals de bomen en de donkere schuren langs de weg. Nachtblind.

'Ja, lach jij maar,' zegt Cor. 'We hadden wel dood kunnen zijn. We zijn er zo nu.'

Hij neemt gas terug, remt dan bij een zijweg zachtjes af. De koplampen schijnen op een afzetting die midden op de weg staat opgesteld, een plank op twee ijzeren staanders. Cor stopt. Ik hoor Karel uit de laadbak springen. Hij loopt naar de afzetting, tilt de plank op, zodat Cor de smalle onverharde weg op kan draaien. Met lopende motor wacht hij tot Karel weer in de laadbak is gesprongen en met een vlakke hand tegen de cabineruit slaat. We beginnen weer te rijden.

'Doorgaand rijverkeer gestremd. Altijd handig zo'n bord,' zegt Cor terwijl we langzaam de weg af hobbelen. Dan blijft hij staan en dooft de koplampen. Even is er door de voorruit niets te zien. Ik hoor Karel uit de laadbak komen. Hij opent het portier aan Cors kant. Als ook ik ben uitgestapt zijn mijn ogen aan het donker gewend. Rechts van de weg, zo'n tien meter van ons vandaan, ligt een kleine boerderij met ernaast een hooiberg en een schuur.

'We moeten even in die schuur daar wezen,' fluistert Cor. 'Let jij op die bovenste twee ramen. Daar slapen ze. Zo gauw je daar licht ziet zwaai je met deze lantaren.' Hij drukt mij een staaflantaren in de hand.

Ik knik. Ik zie ze voor mij uit over de weg lopen. Twee broers. Aan de silhouetten zou je dat niet zeggen. De een zwaar, met de wiegende gang van een krachtpatser, Cor ernaast, tenger en gespannen op zijn tenen lopend. Ze bewegen zich over de maanverlichte weg en verdwijnen dan achter een hooiberg.

Natuurlijk gaan ze uit stelen, maar het hoe en waarom interesseert mij hoegenaamd niet. Ik houd mijn blik op de bovenste ramen in de voorgevel van de boerderij gericht. De daklijst onder het strodak licht wit op; pas geschilderd. Op het gazon voor het huis staat een kabouter met een kruiwagen vol geraniums.

'Pinkeltje.' Ik zie een boek en een kinderstem zegt: 'Verder lezen pappa.' Pappa? Ik probeer geen aandacht te schenken aan deze plotseling opdoemende stem in mijn hoofd.

'Wouter,' zeg ik zachtjes en richt dan weer al mijn aandacht op de twee vierkante donkere ramen. Dit is de wereld, de echte. Die stem. Alsof ik soms even ook van binnen nachtblind ben.

In de stilte om mij heen ritselt zo nu en dan iets, een konijn of een egel in de berm misschien. Er komt een geluid uit de verte aangerold. Een dof ratelen, alsof er ergens iemand met een maaimachine over de weg rijdt. Mijn hart klopt in mijn keel. Ieder geluid kan de bewoners van de boerderij uit hun slaap wekken. Maar de ramen blijven donker en het geluid houdt plotseling weer op.

De wind is gaan liggen, het gras in de berm staat recht omhoog, alsof het, net als ik, naar de sterrennevels staart, die als slierten poedersuiker in de nachthemel hangen. Soms flonkert er iets op, om dan weer te verdwijnen. Het universum beweegt zich van ons af, het heelal dijt steeds verder uit. Iemand moet mij dat ooit eens verteld hebben. Van de sterrenhemel kijk ik naar de twee donkere ramen waarachter nietsvermoedende boeren liggen te slapen. Cor en Karel maken geen geluid. Een ander zou misschien bang zijn. Of het avontuurlijk vinden. Maar ik voel niets. Ik sta met de staaflantaren in mijn hand en kijk naar de sterrenhemel. En plotseling is het alsof uit dat sterregruis mijn naam te voorschijn schiet, zich daar trots in de hemel projecteert en alleen maar afgelezen hoeft te worden. Hardop.

'Kees Zomer!'

Ik sla mijn ogen neer. Dan zie ik ze in de verte aankomen, Cor en Karel. Ze dragen iets zwaars tussen zich in. Als ze dichterbij zijn zie ik dat het een automotor is. Zwijgend lopen ze langs mij heen tot aan de laadbak. Karel knikt nijdig met zijn snor richting laadklep. Ik trek de pinnen aan weerskanten los, dat wil zeggen eerst de rechter pin. Daarna loop ik snel om de auto heen tot ik de linker pin zie zitten.

Dan realiseer ik me dat dat niet langer nodig is. Ik hoef de werkelijkheid niet langer te benaderen vanuit naar rechts draaiende cirkels. Ik kan weer recht op mijn doel af.

Hijgend en snuivend tillen ze de zware motor op en schuiven hem met een schurend geluid over de bodem van de laadbak naar voren. De klep laten ze loshangen. Als ik de cabine in wil klimmen pakt Karel mij ruw bij mijn schouder.

'Achterin jij,' sist hij. Cor kruipt weer achter het stuur. Karel helpt mij de laadbak in en springt er dan zelf bij. Hij gaat naast mij zitten. De auto begint te rijden, zacht en in de eerste versnelling, de lichten gedoofd. Bij de afzetting stoppen we. Karel springt uit de auto en schuift eerst de plank en daarna de beide staanders de laadbak in. Pas als we de boerderij een flink stuk achter ons hebben zet Cor vaart. In een weiland hoor ik twee kieviten opschrikken en met schrille kreten de nacht in vluchten.

'Kees Zomer.' Zachtjes mompel ik mijn naam.

'Wie is dat,' vraagt Karel.

'Mijzelf,' zeg ik. 'Mijn naam is herleefd. Zo maar uit de lucht komen vallen. Kees Zomer.' Ik wijs naar de sterrenhemel.

Karel zwijgt. We rijden nu op een geasfalteerde weg. De nachtlucht stroomt ijskoud door mijn overhemd over mijn borst. Vergeten kranten eronder te stoppen.

Dan voel ik zijn handen, de enorme sterke handen van

Karel die mij vastgrijpen, optillen en uit de laadbak slingeren.

Mijn voeten belanden met een klap op het wegdek dat mij opzij smijt, waar ik in het gras beland en dan hals over kop door een berm de greppel in rol. Lichtflitsen schieten pijlsnel van links naar rechts over mijn netvlies.

3

Ik word wakker van een licht tikken boven mijn hoofd. Alsof daar een kraan druppelt, meer dan één kraan, waaruit een fijne druppelregen op het uitspansel boven mij neerdaalt. Ik houd mijn ogen gesloten. Ik herken dat geluid. Waterdruppels op een tentzeil.

Denk erom jongen, zei pappa, als het gaat regenen, niet tegen het tentzeil leunen want dan gaat het lekken. Maar hoe kon ik mijn lichaam in de slaapzak beheersen als ik sliep. Avond aan avond–het regende onafgebroken op onze vakanties–probeerde ik op mijn rug in slaap te vallen. Meestal werd ik tegen het tentzeil aan gerold wakker. Donkere vochtplekken waren niet alleen in de tentwand, maar ook in mijn slaapzak getrokken.

Mijn handen tasten naar de rits. Die is er niet. Maar wel een tent. Ik laat mijn handen over mijn lichaam gaan. Het is er, één geheel. En nu keert langzaam de herinnering aan de afgelopen nacht terug. Karel die mij uit de auto gooide; de tuimeling, het zachte gras, de naar bladeren geurende greppel.

Ik open mijn ogen. Ik lig niet in een tent maar onder een tussen stokken gespannen lap plastic, waarachter ik de wolken flauw omrand voorbij zie trekken. Als ik op mijn ellebogen steunend overeind kom zie ik hoe verderop de zon haar stralen uitwaaiert over de weilanden. Het zal niet lang meer duren voor het ook hier droog zal zijn.

Mijn lichaam doet overal pijn. Voorzichtig trek ik mijn benen in, eerst het rechter, dan het linker, beweeg de vingers van mijn rechter- en dan van mijn linkerhand voor mijn gezicht, zoals Wouter deed toen hij een baby was, met ronde verbaasde waterogen en een flauwe onpersoonlijke glimlach om zijn lippen. Een met zijn vingers spelende baby in een wieg, net als ik op zijn rug verbaasd naar de wereld boven zijn hoofd starend.

Alles lijkt het te doen, niets is gebroken. Voorzichtig ga ik overeind zitten. Boven mij tikken de laatste druppels op het plastic, trager en zwaarder dan de druppels van zoëven.

Ik kijk om mij heen, draai mijn hoofd van links naar rechts. Ik kan mij bijna niet meer voorstellen dat er een tijd geweest is, kort geleden nog, dat een deel van mijn lichaam zoek was, dat ik geen linkerhand of -voet meer had. Of was dat allemaal maar verbeelding? Alles heeft zich weer samengevoegd tot een vertrouwd patroon, tot wat men bedoelt wanneer men het over zijn lichaam heeft.

De vroegere afwezigheid van de linkerkant is nu even moeilijk voorstelbaar als voorbije kiespijn, die vlijmende alles doorpriemende steken in je kaak, uitstralend naar je slaap en je hals. Opeens was hij verdwenen alsof hij er nooit geweest was. Nee, pijn die geweest is, is voorbij, kun je je niet herinneren. Het is iets puur lichamelijks. Misschien dat het lichaam zelf geen herinnering heeft.

Ik laat mij op mijn knieën zakken, steun met beide handen op mijn knieschijven. De radio! Waar is de transistor gebleven? Ik kijk om mij heen, in steeds wijdere kringen, schuchter en aarzelend, alsof mijn ogen nog moeten wennen aan het in één keer in zich opnemen van zoveel weidsheid.

Een soort slordige tuin is het hier, bezaaid met houten hokken, stapels oude planken en hopen stenen waartussen bosjes goudsbloemen opschieten. Nergens zie ik de transistor liggen. Ik moet hem tijdens mijn nachtelijke val zijn kwijtgeraakt. Of iemand heeft hem mij afgenomen. Iemand?

Gebukt kom ik onder het zeil vandaan, recht mijn rug. Mijn handen grijpen automatisch naar de bron van de stekende scheuten in mijn rug.

Verscholen achter wat uitwaaierende vlierbomen met hun donkerstoffige blaadjes ligt een stenen huisje met een plat pannendak. De deur is afgesloten met een ouderwets hangslot. Naast de deur staat een oude televisie op een stapel kratjes. Een sintelweg voert van het huisje licht omhoog naar een smalle weg tussen de weilanden. Op de sintels staat een lange buiskar op twee fietswielen. Een trekkar, zo een als pappa had om de melkbussen bij de fabriek mee af te halen. Die melkbussen met diep verzonken deksels die je er al draaiend met een zuigend geluid aftrok. De schuimbelletjes op het nadeinende melkoppervlak in de bus. Weer dwalen mijn gedachten af. Het lijkt wel alsof de herinneringen aan vroeger steeds sterker aan mij trekken, zich willen opdringen ten koste van het recente verleden: de kar op fietswielen die daar voor mij staat en een oude man die mij voorttrok over een dijk, langs een vaart waar de ochtendmist tussen de rietkragen dommelde. Meer herinner ik mij niet. Een ogenblik moet ik dus bij bewustzijn zijn geweest. Daarna weer weggeraakt zeker. Een oude man.

Langzaam loop ik naar de kar, buk mij naar de trekstang die zich meteen behaaglijk in mijn handpalm nestelt en bijna ben ik alweer op weg naar de melkfabriek, naar het lange betonnen laadvlak met de rijen melkbussen. Snel laat ik de trekstang op de grond vallen en loop terug naar het huisje.

De deur zit op slot. De oude man is weggegaan. Ik herinner me zijn gezicht vaag. Een ingevallen mond, rode wangen van het buitenleven (net als pappa had), kleine diepliggende blauwe ogen. Dat moet ik gezien hebben toen ik in een flits tot bewustzijn kwam, zuchtte misschien en de oude man voor de kar even omkeek om te zien hoe ik het maakte.

Ik loop over het terrein, nog steeds vaag zoekend naar de radio, al heb ik die niet langer nodig als richtsnoer voor mijn lichaam dat zich nu weer vanzelf voortbeweegt alsof het nooit anders heeft gedaan.

De hokken zijn wat groter dan hondehokken. Aan de overal in het gras liggende kleine ronde keutels maak ik op dat er geiten in wonen, maar nergens is een geit te bekennen. In het midden van het terrein, omheind door een schutting, die de oude man van allerlei planken in elkaar heeft getimmerd, ligt een rotstuin die al even geïmproviseerd aandoet als de schutting. In de aarden wal zijn brokken puin en losse stenen in een slordig patroon gezet. Er groeien niet alleen roze floxen, ook wit vingerhoedskruid. Narcissestelen steken verdroogd tussen de stenen uit. Een klein bedje met oranje afrikaantjes is afgezet met een rand spierwitte kiezelsteentjes. Op het hoogste punt van de rotstuin verheft zich een latwerk waarin lege flessen aan touwtjes hangen; wijnflessen, colaflessen, donkere bierflesjes en een enkele jeneverfles. Is dit alleen maar een eigenzinnig bouwwerk, decoratie, zoals de overal op de schutting vastgespijkerde autowieldoppen, of dient het een mij onbekend doel?

Zouden Cor en Karel hier misschien in de buurt wonen? Ik heb me tijdens de nachtelijke autotocht nauwelijks kunnen oriënteren. Over de lage schutting kijk ik uit over de weilanden. Hier en daar verbindt een wit loopbruggetje de oevers van de wat bredere, in het lage land rustende sloten. Koeien staan met hun kont in één richting te grazen. Schaduwen van wolken drijven traag over het grasland in de richting van een rij lage huizen in de verte, een dorp dat mij met zijn stille silhouet, links afgesloten door een kerk met een vierkante houten klokketoren, bekend voorkomt. Het is alsof ik hier eerder ben geweest, de streek ken, klossend over die bruggetjes heb gelopen, geschaatst over de smalle kronkelende sloten die nu vol kroos doodstil in de zon liggen te stoven.

Langzaam loop ik langs de schutting. In een hoek van het terrein vol stapels afgezaagde takken, waartussen hoge bossen brandnetels opschieten, staat een houten huisje. Boven in de deur is een hartvormig gat uitgespaard. Ook dat huisje ken ik. Ik licht de klink op.

'De troon!'

Nu zullen er geen eenden meer onder mij door zwemmen. Glimlachend laat ik mijn broek zakken, ga zitten en luister naar de droge val van mijn uitwerpselen, naritselend alsof zij daar beneden door bladeren rollen en mompel het woord klink. Het gaat, al heb ik even moeite de laatste k met de voorafgaande letters te verbinden. 'Klin-k.'

Het is een woord uit een verdwenen tijd. Alleen in mijn jeugd kwam het voor, kende mijn jongenshand de deurklink van mijn eigen huis, van de achterdeuren van huizen waar vriendjes woonden en waar je je kleppers of klompen in het portaal uit moest doen voor je op je kousevoeten naar binnen mocht. Een klink. Die lichtte je op. Niet tillen, nee, lichten!

Met een oude lap die naast het gat ligt, veeg ik mij af. Dan trek ik mijn broek omhoog.

Ik verlaat het huisje. De troon. Erachter groeien twee spichtige berken. Hun blaadjes hangen dun en amechtig naar beneden. Ik ga onder de bomen in het gras liggen. Ja, hoe vaak heb ik zo niet gelegen, met een grasspriet tussen mijn tanden naar het voorbijtrekken van de wolken kijkend, zelfs te lui om er kamelen of leeuwen in te zien. Ik zie een leeuwerik boven een weiland waar iets schittert (een glasscherf?) en weet opeens heel zeker dat er een wereld bestaat, ergens – ik hoor zijn duizelende opwaartse zang – een wereld waar nooit meer iets verandert, waar ik altijd zal blijven wie ik ben, de bakplaten van oom Daan schrobbend of luisterend naar het rinkelen van het winkelbelletje in ons voorhuis terwijl ik aan tafel huiswerk zit te maken, een suikerklontje tegen mijn verhemelte pers en voel hoe het in scherpe korreltjes in mijn mondholte uiteenvalt.

De pijn in mijn rug trekt langzaam weg. Ik spreid mijn armen in het gras. Mijn linkerhand veert geschrokken terug als mijn vingers een brandnetel raken. Alle verbindingen zijn hersteld. Ik stop de naprikkende vingertoppen in mijn mond en sabbel er op, langzaam en wellustig.

Ik word wakker doordat iemand mij aanraakt, met zijn voet zacht en onderzoekend in mijn zij port, zoals een hond dat met zijn snuit zou doen. Dan zie ik de oude man. Hij houdt een kleine blauw geëmailleerde melkbus aan een draaghengsel in zijn rechterhand, precies zo een als wij vroeger thuis hadden. Met zijn vrije hand wrijft hij peinzend door zijn dunne grijze haar. De zon schijnt door zijn grote afstaande oren. Hij kijkt waarderend toe hoe ik overeind krabbel, wat grasjes van mijn broekspijpen pluk.

'Puur geluk,' zegt hij, luid alsof hij meters van mij vandaan staat. 'Kom,' gaat hij op dezelfde luide toon verder, 'een beker melk zal je goed doen.'

Ik loop met hem mee naar zijn huisje. De deur staat open. Met een breed handgebaar als gold het een paleis noodt hij mij binnen. Hij draagt een zwarte pilobroek en een overhemd van spijkerstof vol glimmende metalen knopen.

De rommel in de tuin zet zich hierbinnen voort. Gieters, harken, een wasbord, het frame van een herenfiets, een doos vol stopcontacten, lege flessen en blikken in allerlei formaten liggen over de vloer verspreid. Voor het enige raam staat een wit geschilderde keukentafel met twee stoelen. De oude man zet de melkbus op tafel, gebaart dat ik moet gaan zitten en loopt dan naar een hoek van het vertrek waar ik tussen stapels borden en half opengemaakte pakken en dozen levensmiddelen een kraantje gewaarword. De man rommelt wat tussen de borden, trekt een stenen beker te voorschijn die hij onder de kraan met zijn vingers afspoelt. Het ruikt in het huisje onmiskenbaar naar geiten, een scherpe, tranenverwekkende geur.

Hij zet de witte beker voor mij op tafel. Wringend en draaiend trekt hij de verzonken deksel van de metalen bus. Het zuigende geluid waarmee de deksel zijn weerstand ten slotte opgeeft verplaatst mij in één keer naar onze keuken, naar mamma die de melkbus met twee handen schuin boven een pan op het fornuis houdt en de blauwige melk erin laat schuimen.

De oude man doopt de beker in de bus en zet hem druipend voor mij op tafel. Hij gebaart dat ik moet drinken. Hij lijkt iemand van weinig woorden. Als ik de melk naar binnen heb gegoten, vult hij de beker meteen weer. De melk laat een vettige aanslag op mijn verhemelte achter. Ik smak een paar keer. De oude glimlacht, vat het geluid als appreciatie van de kwaliteit van zijn melk op. Als ik ook de tweede beker op heb, draait hij de deksel weer op de bus en tilt hem dan van tafel op de grond. Zijn handen vertonen grote rode vlekken.

'Zo,' zegt hij. 'Dat was me even wat.' Hij zwijgt en kijkt mij nauwlettend aan, zijn handen voor zich op tafel. 'Hoe kwam dat zo?'

'Kees Zomer,' zeg ik. 'Het donker in gekieperd. Van uit het rijden. Een voertuig toebehorend aan twee broers, Karel en Cor. Kent?'

'Zeg dat nog eens?'

Ik zucht een paar keer diep. Ik moet mij concentreren zodat er begrijpelijke zinnen uit komen, niet al deze scherven.

'Kees Zomer,' begin ik opnieuw. 'Karel en Cor.' Maar hoe nu verder. Het verhaal laat zich niet vertellen zo gauw ik een causaal verband probeer aan te brengen. 'Midden in de nacht komen te vervallen, ziet u?'

Nu knikt de oude man tegenover mij, alsof hij mij eindelijk heeft begrepen. Zijn diepliggende blauwe ogen kijken mij welwillend aan.

'Ze noemen me IJe hier,' schreeuwt hij. Ik steek mijn hand uit.

'Met oprechte dankbetuiging,' zeg ik. 'U heeft mij aangetroffen, op transport gesteld en helemaal tot hier doorgetrokken, niet? Wat een moeizaam karwei!'

IJe kijkt alsof hij het vanzelfsprekend vindt dat hij mij heeft meegenomen.

'Hoe heet je?'

Misschien is het hem de eerste keer ontgaan. Mijn naam komt er nu steeds vlotter uit.

'Zozo,' zegt IJe. 'Zozo. Misschien ligt het aan mij hoor. Ik ben wat doof zie je. Maar ik heb niet begrepen wat je daarnet tegen mij zei.'

Nu niet naar je hoofd wijzen, al zit daar de oorzaak. 'Mijn praten is verspreken geworden door een soort ongeluk. Defect geraakt. Denken kan niet meer in hardop worden omgezet. Alleen van binnen loopt alles gesmeerd.'

Ik zie dat hij mij niet begrijpt. Of verstaat hij mij niet? Een tijdlang neemt hij mij traag knikkend op, alsof hij nadenkt over een oplossing voor dit communicatieprobleem. Dan staat hij op en loopt naar een kastje waarop een stapel boeken ligt. Uit een laatje haalt hij een blocnote en een ballpoint te voorschijn.

'Jij bent me een rare hoor,' zegt hij lachend naar tafel terugkerend. Zijn tandeloze mond gaat open en hij knijpt zijn ogen tot spleetjes. 'IJe is al jaren zo doof als een kwartel. Maar ik lees wat de mensen tegen mij zeggen van hun lippen af. Maar wat jij zegt, nee, daar begrijp ik het fijne niet van. Misschien kan je het voor mij opschrijven?'

Hij schuift de blocnote en de pen naar mij toe. Ik schud mijn hoofd.

'Kees Zomer,' zegt IJe. 'Zover heb ik het begrepen. Maar hoe kwam je daar zo te liggen? Ik was met mijn kar op weg naar de oude molen verderop. Die zijn ze aan het slopen. Kijken of er nog wat voor mij overschoot. En daar lag je.

Geen bloed en niks. Alleen bewusteloos.'

'Een ontvanger. Om hals te dragen. Heeft u zo iets in het voorbijgaan daar gezien liggen?'

Ik wijs ter ondersteuning op een oude bakelieten radio die schuin naast de deur op een houten plankje staat.

'Ook gevonden,' zegt IJe. 'Ze willen allemaal dat moderne spul van tegenwoordig. Van die transistorradio's en zo.'

Ik knik enthousiast en wijs op mijn hals, maar ik zie dat hij het verband met wat ik zoëven heb gezegd niet legt. Opnieuw tikt hij met zijn vinger op de blocnote.

'Ook dat vermogen is ontschoten,' zeg ik.

Er lijkt hem nu iets te dagen. Hij trekt de blocnote naar zich toe en schrijft iets op in grote, regelmatige, schuine letters. Dan draait hij de blocnote om. Ik herken het handschrift. Zo schreven mijn ouders ook. Schoonschrift. Ik heb het vroeger op school ook nog geleerd, in zo'n cahier met van die zachte grijze lijntjes waar je met je kroontjespen precies tussen moest blijven. Ik herken het schrift maar niet de woorden, de letters. Hulpeloos haal ik mijn schouders op.

'Dan heb jij het ook niet ver geschopt,' concludeert IJe.

'Jong geleerd, oud niet. Ongedaan gemaakt. Door iets.'

Ik kijk radeloos om mij heen, wil het gesprek in begrijpelijke banen leiden en zoek daartoe een aanleiding. Ik wijs op de stapel boeken.

'Vroeger,' zeg ik. 'Ik heb er veel. Stapels! Maar niets. Alles daaruit vergeten. Weg.'

IJe knikt. 'Boekenwijsheid,' zegt hij smalend. 'De waarheid ligt buiten, in de vrije natuur.'

'Natuurlijk,' beaam ik. 'Vanzelfgesproken.'

'Ik ken de mensen,' gaat de oude man verder. Hij wrijft

over zijn wangen vol kleine gesprongen paarse adertjes. Melkboerenwangen, zoals pappa altijd zei. Die krijg je van het buitenleven. Melkboerenwangen en een nek als een geploegde akker. Een uitgebrande nek. Zo noemde opa dat.

'Ze zijn eigenwijs,' zegt IJe. 'Ze lopen achter alles wat nieuw is aan. Zo steken ze zichzelf in de schulden. En wie trekt er profijt van? De banken!'

Hij kijkt mij triomfantelijk aan. Buiten loeit een koe. Ik kijk op mijn horloge, maar de cijfers willen zich niet in een zinvol gelid zetten. IJe staat op. Hij pakt een stapeltje boeken van het kastje en legt het op tafel. 'Mag je zo van me hebben,' zegt hij. 'Cadeau. Neem maar mee. Tegen de domheid is toch geen kruid gewassen.' Hij blijft midden tussen de rommel in het kamertje staan, loopt dan naar een deur in de zijmuur en doet hem open.

'Hier,' zegt hij. 'Verleden week zijn ze gekomen. Hebben alle geiten meegenomen. Op last van hogerhand.' Hij gebaart dat ik naar hem toe moet komen.

De ruimte naast zijn kamer ligt vol stro. In een hoek staat een houten ledikant met een slordige hoop dekens erop.

'Hier sliepen ze,' zegt hij. 'Net als ik. Waarom zou een mens zich van de dieren des velds onderscheiden? Het is alles hoogmoed.'

Hij staat tussen hopen gebroken stro.

'Ik moest formulieren tekenen. Dat ik de dieren ten bate van de volksgezondheid afstond. Nou, dan weet je wel waar het heen gaat, linea recta destructiebedrijf. Vertel mij wat. Ik heb die papieren gepakt en ze voor hun ogen in stukken gescheurd. Zo.'

Met zijn vlekkerige handen doet hij het gebaar na. Ondanks de emotie die op zijn gezicht te lezen staat klinkt zijn stem dof en monotoon.

'Niet woedend. Heel rustig. Eerst in tweeën, toen in vieren.'

Het stalraampje zit vol bruine vegen. Er lopen een paar vliegen over het glas. Ik knik en draai mij van hem af om geen commentaar te hoeven geven op zijn verhaal. IJe komt naar me toe.

'Ik zal je de stallen buiten laten zien,' zegt hij grimmig alsof hij iemand van de veterinaire inspectie voor zich heeft. 'Bij niemand hadden ze het zo goed als bij IJe.' Hij draait zich om en pakt me bij mijn schouder. 'Het is alles hoogmoed. 's Zondags in de kerk preken ze menslievendheid, mededogen, tolerantie, of hoe al die mooie woorden tegenwoordig heten, maar in de praktijk moet je net zo zijn als zij. Van buiten alles keurig aangeharkt, de voordeur op slot en de gordijnen potdicht. Maar daar binnen...' Hij snuift verachtelijk.

Hij loopt voor mij uit over het terrein, tussen de stapels planken en geitehokken. Bij ieder hok blijft hij staan en noemt de namen van de weggevoerde geiten: Flora, Mia, Sonja, Antje, Frederika. Ik heb medelijden met hem. Het is alsof hij mijn gedachten raadt.

'Ach, ik red me wel,' zegt hij. 'Maar de mensen, de mensen zijn niet te vertrouwen.'

Hij blijft bij een zaagbok staan. Er ligt wat vers zaagsel op de grond. Onder de bok staat een teil, een ouderwetse wasteil met aan iedere kant een aangelaste greep.

IJe loopt verder het terrein op, maar ik blijf als aan de grond genageld staan. De teil spreekt mij aan, trekt mij terug naar de zaterdagavonden in de keuken als ik door pappa of mamma in bad werd gedaan. Ik hoopte altijd op mamma omdat het washandje aan pappa's hand in schuurpapier leek te veranderen. Als ik ten slotte gloeiend in een schone katoenen piama boven in bed lag schrijnden mijn liezen nog lang na. Beneden klotste het water in de teil als zij na mij om de beurt in de teil gingen. Soms hoorde ik daarna het vuile water in de put buiten naast de keukendeur wegstromen, maar meestal was ik daarvoor al in slaap gevallen.

Ik buk mij, strijk met mijn vinger over de gladde rand van de teil. Het lijkt de onze. Maar iedereen had zo'n teil vroeger. Terwijl mijn vingers het gladde ijzer betasten fluister ik, 'teil, wasteil'. Het ding geeft mij zijn naam terug. De tranen springen in mijn ogen. Met een woest gebaar wrijf ik mijn wangen droog als ik IJe zie aankomen, zijn handen in de zakken van zijn zwarte pilobroek.

IJe blijft bij de zaagbok staan. Ook hij lijkt naar de grijze teil te kijken waarin dunne verwaaide laagjes zaagsel liggen.

Ik moet mij losmaken van de teil, van die voorwerpen die mij mijn jeugd in willen trekken. Vreemd hoe sterk ze zijn! De melkbus, de teil, de pomp. Alsof het magneten zijn. Ik moet niet aan hun aantrekkingskracht toegeven. Ik moet mij verzetten, een andere kant opkijken, de sleutel vinden tot dat moment waarop, nog niet zo lang geleden, alles uit de rails is gelopen. Ergens in mijn hoofd zit dat moment. Ik wil het terugvinden, maar mijn bewuste herinnering wil mij er niet heen leiden, slaat keer op keer een zijweg in waar zich nu deze teil bevindt die mij glanzend probeert mee te lokken.

'Overal zijn ze aan het slopen,' hoor ik IJes stem. 'De molen, en nu weer wat verderop aan de overkant van de vaart, de boerderij van Sitze. Ze gooien tegenwoordig liever wat tegen de vlakte dan dat ze de oude boel opknappen. Je moet met je tijd meegaan heet het dan. Maar ze begrijpen niet dat ze zo de tak doorzagen waar ze hun hele leven op gezeten hebben. Hun eigen tijd. Met je tijd meegaan. Laat me niet lachen.'

Hij slaat met een vlakke hand tegen de zaagbok.

'In ieder geval zorgen zij ervoor dat ik het 's winters lekker warm heb. Hout ligt tegenwoordig overal voor het oprapen. Heb je honger?'

Die vraag brengt mij abrupt terug in het heden, bij mijn maag die wee samenkrimpt bij het horen van het woord. Ik knik. Ik volg IJe naar zijn huisje. Maar in plaats van naar binnen te gaan, sluit hij het hangslot voor de deur met een grote sleutel af. Ik zie mijzelf weerspiegeld in het bolle grijze glas van het televisiescherm.

'Zie je jezelf daar staan,' vraagt IJe.

Ik knik.

'Daarom staat hij daar ook. Heel vroeger deed hij het. Dat wil zeggen, je zag allerlei programma's over wat er allemaal op de wereld gebeurde. Maar nooit ging het eens over hier. Toen hij stukging, heb ik hem buiten gezet. De mensen lachten me uit, maar sindsdien heb ik een televisie die over mijn leven gaat, waar ik zelf op verschijn wanneer ik maar wil.'

Langzaam loopt hij naar zijn kar op het sintelpad. Aan zijn voeten draagt hij zware halfhoge zwarte laarzen. Er zit geen gram vet op zijn tanige romp. Ik kom rechts naast hem lopen, niet langer bang de wereld aan de linkerkant uit het oog te verliezen.

'Jij zult het ook wel raar vinden, niet?'

Ik schud mijn hoofd, maar ik zie aan zijn gezicht dat hij deze keer een verbaal antwoord van mij verlangt.

'De eigen omgeving is primair.' Ik grabbel in de haast maar wat woorden bij elkaar.

'Wat zeg je?'

Ik wijs op de weilanden om ons heen. 'Er is geen ander dan deze,' zeg ik.

'Geen andere wat?'

Nu heeft hij de woorden van mijn lippen gelezen, maar niet begrepen wat ik bedoel. Ik moet mij duidelijker, concreter proberen uit te drukken. 'Deze eilanden zijn superieur aan televisieverzending.'

'Eilanden?' Even kijkt IJe controlerend om zich heen alsof mijn woorden de weilanden werkelijk tot eilanden zouden kunnen maken.

'Een reepje van het woord af. Ik weet het heus. Laat mij eens even rustig rondkijken.'

Ik zie het woord voor mij, mijn mond vormt de beginletter van het woord, proeft hem met vooruitgestulpte lippen, maar wil hem niet loslaten. Als ik mijn mond open-sper komt er nog een keer 'eilanden' uit.

Maar IJe heeft zijn belangstelling voor mijn geworstel verloren. Hij bukt zich en pakt de trekstang van de kar beet. 'Kom, we gaan wat te eten halen,' zegt hij.

Ik ga naast de kar lopen. IJes huisje ligt in de luwte van een dijkje. We lopen over de hoger gelegen dijkweg. Links van ons slingert zich een brede sloot tussen de rietkragen, die IJe de 'vaart' noemt. Aan de overkant van het water liggen wat verspreide boerderijen. Een gekuifde fuut duikt bij onze nadering onder. IJe wijst naar het water.

'Hij zwemt onder water met ons mee,' zegt hij. 'Je zou

denken dat hij juist van ons wegzwemt, maar zijn nieuwsgierigheid wint het. Ze zijn mensen gewend geraakt, net honden. Tam geworden.'

Als de vogel een eind verderop weer opduikt lijkt het inderdaad alsof hij als een hond onze komst ligt af te wachten om dan opnieuw onder te duiken en een eind voor ons uit te zwemmen.

Tussen de rietkragen scharrelen wat meerkoeten rond. De zwarte kopjes met de witte stip boven de snavel knikken driftig als zij gehaast het water in schuiven.

Als we bij een hoge witte loopbrug komen steken wij de vaart over. Kippebruggetje hoor ik de stem van pappa in mijn hoofd zeggen, heel duidelijk, zo duidelijk dat ik mij moet weerhouden niet even om mij heen te kijken. Ik help IJe de kar de brug op trekken. Ik voel dat ik met pappa ook zo gelopen heb, voorovergebogen met mijn jongensgewicht een bijdrage probeerde te leveren aan het voorttrekken van de zwaar beladen kar. Als we op het vlakke middendeel van de brug staan legt IJe de trekstang op de grond. Met onze handen op de brugleuning kijken wij uit over het land, dat kaal, onbeschermd en laag met zijn rijen bomen en molens onder de voorttrekkende wolken ligt. Hier en daar flikkert een sloot op in het landschap, maar de meeste zijn door kroos veranderd in donkere naar de horizon voortslingerende linten.

'We krijgen wind uit zee,' zegt IJe naar de wolken kijkend. 'Straks. Nu nog niet. Dit zijn maar de voorboden.' Dan wijst hij naar de weg die aan de overkant van de vaart kaarsrecht de polder in loopt. 'Daar verderop ligt Sitzes boerderij.' Hij pakt de trekstang weer op, zet hem tegen zijn rug als wij voorzichtig achterover tegen de stang geleund de brug af schuifelen.

'Tegenwicht,' zeg ik opeens, een beetje trots om dit op het juiste moment op de proppen gekomen woord. Maar IJe heeft mij niet gehoord. Zijn laarzen schuren over het asfalt. Ik kijk om mij heen. Winkels zijn hier nergens. Ik vraag mij af waar IJe boodschappen wil gaan doen.

'Naar de winkel?' Alweer een vlot lopende, begrijpelijke zin, al is hij nog wat aan de korte kant. Kennelijk zit er voorlopig nog niet meer in dan rompzinnetjes.

'Wat,' vraagt IJe.

Ik wil winkel zeggen, maar deze keer komt er warenhuis uit.

IJe lacht. 'Een warenhuis, daar ben ik nog nooit binnen geweest mijn jongen. IJe werkt al jaren zonder geld. Net als in de oorlog. Je ruilt het een voor het ander. Dat gaat net zo goed. Een paar jaar geleden hebben ze bij mij ingebroken en al mijn centen meegenomen. Had je het maar op de bank moeten zetten IJe, zeiden de mensen. Nou, dan geef ik het nog liever weg. Het zijn die banken die de boeren opstoken duurdere machines te kopen, steeds modernere boerderijen. Net als Sitze.'

IJe wijst op een boerderij waarvan alleen nog de voorgevel, gestut door afstaande balken en een hoge steiger, overeind staat. Op het erf staan twee eigele containers volgestapeld met planken en puin. IJe duwt de kar voor zich uit het erf op in de richting van de twee uitpuilende bakken. Zorgvuldig begint hij de inhoud aan een onderzoek te onderwerpen. Zo nu en dan trekt hij een plank die hem om de een of andere reden ergens voor geschikt lijkt uit de rotzooi te voorschijn en legt hem in zijn kar. Opeens tilt hij triomfantelijk een zilverblinkende vogelkooi uit de container.

‘Ons kostje is gekocht,’ roept hij luid over het verlaten erf.

Voorzichtig draagt hij de kooi voor zich uit. ‘Daar betaal je in de winkel heel wat voor hoor,’ zegt hij terwijl hij de kooi in de kar zet. Ik kijk naar de vogelkooi met zijn openstaande deurtjes en de twee horizontale zitbalkjes. Gelukkig spreekt dit voorwerp mij niet aan. Het is vrij van betekenis, het wil niets van me, is gewoon wat het is.

IJe roept me. Hij staat nu bij de andere container. ‘Kom eens helpen!’

Ik loop naar hem toe.

‘Voorzichtig,’ zegt hij. ‘Pak jij het andere eind.’

Hij heeft de onderkant van een glazen deur beet. Het melkglas is versierd met sierlijk krullende Franse lelies die zich langs de houten lijst omhoog slingeren. In het midden is een boeket rozen in het glas gegraveerd. De dofwitte contouren doen aan ijsbloemen denken, net voor het moment dat ze op het raam van je slaapkamer beginnen weg te dooien. Ik pak de bovenkant van de deur vast. Voorzichtig tillen wij hem uit de container. De deur tussen pappa’s winkel en het achterhuis. Als ik aan tafel mijn pap zit te eten zie ik de contouren van pappa, bezig in de winkel de voorraden aan te vullen, meel of bonen uit jutezakken scheppend met een van achteren ronde schep die precies past in de ronde gaten van de wijnrode voorraadladen waar in witte krulletters de inhoud op staat geschreven. Rijst. Zout. Suiker. Ik zie hem vaag bewegen in een omlijsting van Franse lelies.

‘Klootzak, kijk uit!’ Maar het is al te laat. Ik ben met de deur in mijn handen recht tegen een uit de container stekende balk aan gelopen. De glazen ruit rinkelt in een paar grote scherven op de grond. IJe en ik houden de glasloze deur tussen ons in.

'Wat teleurstellend,' hakkel ik oprecht.

'Kon je niet opletten,' schreeuwt IJe. 'Ja, laat nou maar los.'

De deur kantelt met een klap tegen de container.

'Godverdomme,' zegt hij. 'Daar doen die stadsen een moord voor tegenwoordig, voor zo'n deur. En jij laat hem zo maar uit je poten vallen. Stuk ongeluk. Praten kan hij niet, schrijven kan hij niet en iets vasthouden behoort kennelijk ook al niet tot de mogelijkheden.' Zijn stem schalt over het erf alsof hij een menigte van mijn wangedrag op de hoogte wil stellen. Hij kijkt nog een keer naar de scherven op de grond en draait zich dan abrupt om.

'Kom,' snauwt hij. Hij tilt de trekstang op en begint in de richting van de weg te lopen. Ik loop achter de kar aan met mijn hoofd naar de grond, als een kind dat straf heeft. Een blauwe pick-up passeert ons met een ruime boog en draait dan links de dijk op.

We lopen dezelfde weg terug en slaan dan rechts af, de andere kant van de vaart langs. De vogelkooi glinstert in de zon. Het waait op de dijk. IJe krijgt gelijk. Zeewind. Het water in de vaart rimpelt. Tussen het riet doemt een grote donkerblauwe paraplu op.

IJe draait zich om, wijst op de paraplu en dan op de kooi in het karretje. 'Laat mij het woord maar doen,' zegt hij. Dat is een overbodig voorstel. Ik zou het niet in mijn hoofd halen een wildvreemde aan te spreken.

IJe rijdt de kar tot voorbij de paraplu die een visser tot windscherm dient. De man zit op een laag klapstoeltje aan de waterkant. De dobber van zijn hengel is op de wind naar rechts gedreven. Met een ruk tilt hij de dobber uit het water en zwaait hem laag over het water scherend terug naar links, waar het haakje met de kronkelende worm weer in het water verdwijnt.

IJe zet de kar neer. De man kijkt om. Hij heeft een wijnvlek op zijn rechterwang. Op de ellebogen van zijn geruite jasje zitten bruine leerstukken. Hij houdt een tandestoker tussen zijn tanden geklemd en trekt zijn donkere wenkbrauwen op als IJe hem met de vogelkooi in zijn hand nadert. Ik blijf stijf naast de kar op de dijk staan alsof IJe mij dat zo heeft opgedragen.

'Wat moet je,' zegt de man wantrouwig, van IJe naar zijn dobber kijkend.

'Wat gevangen,' informeert IJe met zijn stentorstem, onverbiddelijk als een ultimatum. Hij gaat naast de man staan en zet de vogelkooi op de grond.

'Een beetje baars,' zegt de visser en haalt zijn neus op. Ter illustratie trekt hij een vangnet naast zich uit het water. Twee baarzen rusten half over elkaar heen geschoven in het net.

'Ruilen,' vraagt IJe en pakt de kooi op. Hij houdt hem uitnodigend voor de man op het klapstoeltje omhoog. 'Mooi niet? Splinternieuw, zie je wel?'

'Ik heb geen vogels,' zegt de man droog. Door de wijnvlek op zijn wang lijkt het alsof hij loenst.

''t Is anders een pracht van een kooi,' zegt IJe. 'Je kunt hem zo voor honderd piek van de hand doen.'

Het noemen van dat bedrag lijkt iets in de man los te maken. Voor het eerst neemt hij serieus notitie van de kooi.

'Toch niet gejat,' informeert hij.

'Op mijn erewoord,' zegt IJe.

Ik zie vanaf de dijk dat IJe het pleit gewonnen heeft. De visser trekt het net op de kant en kiepert de twee levenloze vissen in het gras. IJe bukt zich en pakt met iedere hand een baars bij de staart. Met de vissen in zijn hand loopt hij op mij toe. Voorzichtig legt hij ze op de bodem van de kar.

Als wij over de dijk verder lopen, kijk ik nog een keer om. De visser zit roerloos naast de lege vogelkooi naar zijn dobber te staren.

IJe kijkt mij aan. Een tevreden grijns trekt zijn rimpels uiteen. 'Zo doen we dat dus,' zegt hij. Hij lijkt de kapotgevallen deur vergeten te zijn.

'Ruilverkaveling,' zeg ik omdat ik hem dankbaar ben voor zijn vergevensgezindheid.

'Zo zou je het kunnen noemen,' beaamt IJe.

Ik begrijp niet hoe IJe zo'n graterige baars zonder gebit naar binnen krijgt. Hij moet wel een sterke maag hebben. Alleen de hoofdgraat gooit hij met een boog over zijn schouder, al de kleinere slokt hij samen met het witte vlees gedachteloos naar binnen.

We zitten op de grond rond een bakstenen oventje dat hij in de kuil in de grond heeft gebouwd. De takjes onder de stenen gloeien nog wat na. Ik peuter een graatje tussen mijn hoektanden vandaan en schiet het tussen duim en wijsvinger weg. We kijken uit over het land.

Een rij linden loopt van ons vandaan langs een van hieruit onzichtbare weg. Dan welt het woord weer in mij op, onweerstaanbaar. 'Windsingel!'

IJe kijkt mij aan. Hij veegt zijn vingers aan zijn zwarte broek af.

Ik wijs op de rij linden in de verte en herhaal het woord.

Hij knikt.

'De wind ja,' zegt hij en kijkt naar de lucht waar nu

zware stapelwolken doorheen trekken. 'Je ziet het aan de kieviten. Je hoort ze overal roepen. Ze worden onrustig van wind. Meeuwen niet, die zijn op de wind gebouwd. Kijk maar.'

Hij wijst naar een meeuw die wankelend boven het dak van zijn huisje hangt.

'Laveren, dat kunnen ze als de beste. 't Is net muziek als je naar ze kijkt. De muziek der sferen. Dat is uit een boek dat ik binnen heb liggen. De muziek der sferen. Zo heet dat boek.'

Twee eksters vliegen een van de vlierbomen binnen en nestelen zich luidruchtig ritselend tussen de takken. Ik zie hun lange staarten op en neer wippen. De een geeft een ratelend geluid af, de ander antwoordt kort en bijna blaffend. Hun lijven glanzen blauwzwart tussen de blaadjes van de vlier. Weer klinkt dat geluid en mijn hand beweegt zich al door de lucht, omsluit de smalle steel van de houten ratel die oom Fred voor mijn verjaardag heeft gemaakt. Het dunne houten plankje in de langwerpige ratel schiet over het houten tandrad als je de ratel ronddraait, steeds feller en scherper, en dan steeds langzamer tot het houtje in het midden van tandwiel op tandwiel springt. Tak-tok. Tok-tak.

'Wat doe jij daar?'

Als ik de hoge kinderstem achter mij hoor valt mijn hand van schrik naar beneden.

'Dat is Jules van Melle en Maria,' zegt IJe. Het jongetje heeft een geel T-shirt aan dat los over zijn spijkerbroek hangt. Er staat een lachende maan op afgebeeld. Onder de zwarte tekening staat een woord dat ik niet kan lezen en dat beweegt als het jongetje dichterbij komt, zijn ogen onafgebroken op mij gericht.

'Jules heeft hier een hut, een geheime hut. Is het niet Jules?'

Het jongetje knikt stug. Hij blijft mij aanstaren, priemt een wijsvinger in mijn richting.

'Wie is dat?'

'Dat is Kees. Ik heb hem gevonden.'

Het jongetje hurkt nu op veilige afstand in het gras. Hij trekt een grassprietje uit de grond en klemt het tussen zijn tanden.

'Gevonden?'

IJe knikt. 'Langs de weg. Bewusteloos.'

Het dunne blonde haar van het jongetje wordt door de wind een stukje opzij geschoven. Hij komt overeind en steekt zijn handen in zijn zakken. Ik kan niet schatten hoe oud hij is. Ik vind het vreemd dat ik dat niet kan. Hoe oud ben ikzelf? Ik weet het niet precies, maar het moet ergens in het midden van mijn leven zijn. Het opstaande neusje van de jongen gaat even snel op en neer, als het neuspuntje van een eekhoorn.

'Hebben ze hem bewusteloos geslagen,' vraagt hij.

'Ik weet het niet jongen. Vraag het hem zelf maar.'

Het jongetje zet zijn voeten wat verder uit elkaar maar zegt niets. Misschien durft hij niet. Aan zijn gezicht zie ik dat hij nieuwsgierig is, een verhaal verwacht.

Ik glimlach tegen hem. Twee mussen vliegen vlak over ons heen. Het geluid van hun vleugels roept het woord 'snor' te voorschijn, dat nu niet meer door mijn mond te stuiten is. Meteen na het uitspreken schud ik verontschuldigend mijn hoofd.

'Mij valt het zwaar. Wat eerst, wat later. 't Was nacht...' Mijn stem stokt, vindt dan de rest van de zin, 'stikdonkere nacht. De roverhoofdman stond op wacht.'

Het kind knikt. "t Was nacht, stikdonkere nacht,' herhaalt het met heldere stem. 'Dat verhaal ken ik. Er komt nooit een eind aan. Dat is heel flauw.'

'Vooruit,' zegt IJe en komt op zijn ene hand steunend overeind. 'Laat Kees je hut eens zien.'

Ik zie dat het jongetje aarzelt.

'Het is wel een geheime hut,' zegt hij tegen IJe.

'Kees zal je niet verraden. Hij kent hier niemand.'

We lopen achter het jongetje aan, dat op zijn tenen tussen de planken en de lege geitehokken door loopt. Vlak bij de houten schutting blijft hij staan. Op de grond voor zijn voeten ligt een afgebroken stuk hek, dat hij al hurkend opzij schuift. Er wordt een vierkant gat zichtbaar, aan de zijkanten met planken gestut.

'Valkuil', weet ik opeens met grote stelligheid. Jules schudt zijn hoofd.

'Dit is de hut,' zegt hij. 'Niemand mag erin, behalve ik.'

Het jongetje springt de kuil in en trekt het latwerk over de opening. Alleen zijn blonde glanzende kruin is nu nog te zien.

IJe pakt me bij mijn mouw. Langzaam lopen we in de richting van zijn huisje terug.

'In zijn hut heeft hij een kistje,' zegt IJe. 'Daar bewaart hij *Robinson Crusoë* in. Dat boek heb ik hem een jaar geleden gegeven toen hij net lezen kon. Sindsdien is hij aan die hut begonnen.'

IJe blijft voor zijn rotstuin staan. Hij kijkt naar de flessen aan de touwtjes, die licht bewegen in de wind maar elkaar net niet raken.

'Ik weet niet wat hij denkt,' zegt hij peinzend. 'Of hij

Robinson of Vrijdag is als hij in zijn hut zit. Wat denk jij?'

'Welke ouderdom bezit hij,' vraag ik.

'Acht,' zegt IJe. 'Maar het is een pittig kereltje voor zijn leeftijd.'

Bij de deur van zijn huisje draait hij zich om. 'Misschien is hij de ene dag Vrijdag, de andere Robinson.' Hij kijkt naar de lucht. 'De wind steekt op,' zegt hij tevreden en draait zich om om naar binnen te gaan. 'Dat is één ding waar ze niet aan kunnen komen. Als ze de hele boel verpest zullen hebben, dan nog zal die grote wind hier over het land waaien. Die trekt zich van ons mensen niets aan.'

Hij wijst op het tv-scherm naast de deur.

'Het weerbericht,' zegt hij. 'Op ieder gewenst moment. De wind wakkert al aan. Als we geluk hebben zul je mijn orgel straks horen spelen. De muziek der sferen. Dat boek heb ik hierbinnen liggen.'

Op sommige momenten ben ik bang dat ik ook niet goed meer begrijp wat mensen tegen mij zeggen. Ik moet er zeker van zijn dat ik hen althans begrijp. Dat ik de greep op hun betekenissen niet verlies.

Ik ga zitten en leg mijn handen op tafel. De hut. Robinson Crusoë. Vrijdag. Dat heb ik helemaal gevolgd. De jongen in de hut. De wind die IJe verwacht. Maar hoe moet ik de oversteek maken naar een orgel, naar muziek.

Het is stil. Binnen hoor je de wind niet. IJe is de stal naast zijn huisje binnengegaan. Ik blijf aan tafel zitten. Had ik de transistor nog maar. Muziek ordent niet alleen mijn lichaam maar ook mijn denken. Het ergste is om zo opgesloten te zitten in je leven, niet verder te kunnen denken dan je ogen zien. Om maar te zwijgen over wat voorbij is. Ik herinner mij de glazen deur met de Franse lelies, de vogelkooi naast de visser, hoe IJe met een uitgesleten aardappelmesje de baarzen opensneed en de ingewanden er behendig uit trok, maar al die losse flarden vormen niet langer een verhaal. Ze zwerven als losse scherven door mijn hoofd, willen zich niet samenvoegen tot wat je het verloop van een dag zou kunnen noemen.

Ja, ik herinner mij. Het is beter dan het geweest is, toen het begon met helemaal niets, maar het is niet genoeg. Want als er geen onderlinge verbanden meer bestaan, geen volgorde, zijn je herinneringen waardeloos. Of zouden die verbanden niet bestaan, louter verbeelding zijn, en leef ik als enige in die wetenschap? Laat dat de waarheid niet zijn. In godsnaam niet.

Uit de stal klinkt gesnurk. Ik sta op en ga naar buiten. Dan hoor ik het geluid en dan begrijp ik opeens wat IJe zonet bedoelde. Ik loop haastig naar de rotstuin. De afrikaantjes zwaaien heen en weer in de wind. De grote en kleine flessen schommelen aan hun touwtjes. Volgens een partituur die alleen de wind kan lezen tikken ze nu eens zacht, dan weer harder tegen elkaar. De muziek der sferen. Ik kijk naar de wiebelende flessen. Ting-ting zeggen de wijn- en bierflessen tegen elkaar. Het lage licht weerkaatst blikkerend in de wieldoppen tegen de schutting. Ik loop in de richting van de geheime hut. Voorzichtig schuifel ik naar de rand van de kuil, alsof het woord valkuil, dat nu geluidloos op mijn lippen verschijnt, zich zo direct voor mijn voeten zal materialiseren.

Het halve hek ligt over het gat geschoven, maar het blonde hoofd van de jongen eronder is verdwenen. Voorzichtig trek ik het latwerk opzij en kijk in de kuil. Daar ligt de houten doos. Met mijn handen steun zoekend aan de randen laat ik mij in de kuil zakken.

Langzaam buig ik door mijn knieën. Ik pak de doos en zet hem op mijn schoot. Als ik het boek eruit heb gehaald, leg ik de doos opzij en sla het open, mijn opgetrokken knieen als boekensteun gebruikend.

Het is een oud boek, dat zie ik aan de gebruikte letter. En aan de gravures natuurlijk. Ik ruik aan de gerafelde lichtblauwe band, maar de lijmlucht is allang geweken en vervangen door de geur van aarde en halfvergane bladeren. Ik bekijk bladzij voor bladzij, maar geen woord, geen letter zelfs wil zijn geheim prijsgeven. Het blijft druksel, even nietszeggend als een pagina Chinese kalligrafie.

Ik ken het boek. Ik moet het als jongen gelezen hebben. De schrijver heet Daniël Defoe en het boek verscheen voor het eerst in 1719, toen Defoe negenenvijftig jaar oud was (ik begrijp niet hoe ik aan deze kennis kom).

Nauwkeurig bekijk ik de gravures die de hoogtepunten in het verhaal verbeelden. De schipbreuk, het bouwen van de hut, de visvangst met de zelfgemaakte hengel, het maken van vuur door middel van het tegen elkaar aan slaan van twee stenen, het hemd in de top van de hoogste boom, het zeilschip dat aan de horizon voorbijglijdt zonder de wuivende schipbreukeling op het strand op te merken.

De gravures zijn precies en wat fantasieloos uitgevoerd, typisch negentiende-eeuws vakwerk. Dan blijven mijn ogen rusten op een plaatje, waar ze zich niet meer van los kunnen maken: de voetstappen van Vrijdag in het zand langs de strandlijn van het onbewoonde eiland. De sporen zijn groot en duidelijk, de randen van de voetafdrukken zijn gearceerd om diepte te suggereren. Robinson zelf is op de afbeelding niet aanwezig, zodat de kijker op dit moment zelf even

Robinson wordt, met een kloppend hart starend naar de sporen van een ander levend wezen, een medeschepsel, dat hij gaat zoeken en ook zal vinden.

Maar ik herinner mij ook een ander verhaal, een variant. In dat verhaal houdt Robinson zijn eigen sporen voor die van een ander, het hallucinerende begin van een langzaam voortschrijdende waanzin die hem ten slotte het water en de verdrinkingsdood in zal drijven.

Onderzoekend bekijk ik de rechterpagina naast de afbeelding. Hier ergens tussen al die letters moet zijn naam staan. Vrijdag. Ik laat het woord door mijn hoofd daveren. Geen enkel ander woord laat ik meer tot mijn denken toe terwijl mijn ogen regel voor regel aftasten. Dan, iets over de helft, vind ik het. Ik herken het niet – althans zo voelt het niet aan – maar iets in mij wijst, als met een pijl, naar een woord tussen al die andere woorden. Minutenlang blijf ik ernaar staren tot het zich uit de bladzij heeft losgemaakt en zich als grafische voorstelling in mijn hoofd heeft gegrift. Als ik mijn ogen sluit zie ik het woordbeeld in de duisternis oplichten.

Ik klap het boek dicht, met zijn in karton gestempelde letters waarin flintertjes goudverf zijn achtergebleven, leg het terug in de doos en klim uit de kuil.

Twee merels fladderen laag boven de grond voor mij uit en duiken dan over de schutting de weilanden in. De zon hangt in het westen boven de horizon.

De deur van IJes huisje is open. Ik loop naar binnen en hoor het vertrouwde gesnurk van de oude man in de ruimte ernaast. Uit de la van het eikehouten kastje waarop de stapel boeken ligt, pak ik de blocnote en de balpen. Ik ga aan tafel zitten, kijk even voor mij uit. Een wit, bijna doorzichtig spinnetje laat zich spartelend aan een draad van het plafond naar de tafel zakken. Dan brengt mijn hand de tekens uit mijn hoofd op het witte papier over. Eerst moeizaam, maar dan steeds sneller en vloeiender. Vrijdag, denk ik, iedere keer als ik het woord neerschrijf. Vrijdag. Het ziet eruit als strafregels, maar dat zijn het allerminst. Vrijdag. Vrijdag.

In de stal hoor ik IJe een paar keer hoesten. Dan slaakt hij een diepe zucht en even later hoor ik zijn schoenen door het stro naar de deur schuifelen.

IJe houdt zich met één hand aan de deurpost vast. Hij rekt zich uit, zodat het spijkerhemd aan één kant uit zijn broek glipt.

'Wil je koffie,' roept hij met een stem die nog schor is van de slaap. 'Koffie?'

Ik knik met de blocnote voor mij op tafel. IJe vult een gebutste ketel met water en diept uit een open kist waarop het fietsframe rust een elektrisch kookplaatje op. Hij steekt de stekker in het stopcontact.

Hij blijft met zijn rug naar het fietsframe naar mij staan kijken. Dan heft hij zijn linker wijsvinger op.

'Zo direct gaat het water zingen,' zegt hij. Met zacht gefluit ondersteunt hij het geluid dat het water in de ketel straks zal gaan maken.

'Ik kan het niet horen,' zegt hij terwijl hij zich omdraait en naar de ketel op het plaatje kijkt. 'Eerst zie ik alleen maar hoe de stoom voorzichtig uit de ketel kringelt, dan wordt het een straal die steeds witter en krachtiger wordt. En dan, opeens, hoor ik het water razen. Begrijp jij hoe dat kan Kees?'

Ik knik. Ik weet hoe dat komt. Maar kan ik het hem ook uitleggen? Mijn handen klemmen zich om de tafelrand.

'De hooggeplaatste noten laten het trommelvel trillen,' zeg ik. 'Begrepen? Snap? Laag blijft dood, maar in de hoogte hoor je de muziek.' En ook ik fluit met het nu aan de kook rakende water mee.

IJe lijkt mij te begrijpen. Terwijl hij Nescafé in twee bekers doet en er kokend water op giet, zegt hij: 'Net zoals ik sommige vogels wel en sommige niet kan horen. Eenden en ganzen niet, leeuweriken en kieviten weer wel.'

Ik knik. 'Helemaal glashelder.'

IJe gaat tegenover mij zitten. Hij kijkt naar het doorzichtige spinnetje dat over de tafelrand krabbelt en zich dan aan een nieuw gesponnen draad naar de grond laat zakken terwijl hij met een vinger door de koffie roert. Zouden zijn vingers daarom zo vlekkerig rood zien?

Ik kijk aarzelend in zijn bedaarde gezicht, het geplooide vel van de hals eronder, in het midden spannend rond de vooruitstekende adamsappel. Zijn lippen vertonen een blauwige glans. Dan draai ik de blocnote om en schuif hem langzaam over tafel naar hem toe.

Hij trekt zijn wenkbrauwen op en buigt zich over het papier. Dan zegt hij luid en duidelijk: 'Vrijdag. Vrijdag. En nog eens Vrijdag. En nog eens. En zo maar door. Klopt. 't Is vrijdag vandaag.'

Ik grijp zijn arm vast. Tranen springen in mijn ogen. Wild wijs ik op de woorden en dan naar mijn rechterhand.

'Kun je toch schrijven?'

Eerst knik ik, dan schud ik ijlings van nee.

'Wellicht. Als er één schaap over de dam is eenmaal.' Spreekwoorden komen nog altijd even vlot als vroeger.

'Volgen er meer,' vult IJe aan. Hij volgt mijn gedachten. Nu zorgen dat ik niet te opgewonden raak, de boel weer in het honderd stuur. Ik knik heftig. Hij schuift de blocnote terug.

Het vreemde is dat ik dit woord, dit eindeloos herhaalde Vrijdag zelf niet kan lezen. Maar de wetenschap dat het er staat, dat IJe het heeft herkend en uitgesproken maakt mij gelukkig.

Als ik IJe weer aankijk zie ik hoe zijn linkerwang en -oog zich naast zijn gezicht in de ruimte hangend herhalen. Het doet denken aan de slordig over de zwarte randen van een cartoon heen gedrukte kleuren op de achterpagina's van de kranten. Een stekende pijn in mijn nek doet mij naar mijn hoofd grijpen.

'Je ziet zo bleek als een non man,' zegt IJe en staat op. 'Kom, je moest maar eens even gaan liggen.'

Hij houdt mij bij de hand terwijl hij mij naar zijn bed brengt. Als ik mij in het ledikant laat zakken voel ik mijzelf wegzinken.

Als ik wakker word is het donker. Uit de openstaande deur komt een zwak lichtschijnsel. Het is alsof ik buiten muziek hoor. Ik kom op mijn ellebogen steunend overeind. Nu kan ik de geluiden thuisbrengen. In de aanwakkerende wind kletteren en rinkelen de flessen buiten in de rotstuin tegen elkaar. Ik laat mij weer terugzakken en luister hoe de wind IJes flessenorgel bespeelt, nu eens fijnzinnig en ijl, dan weer aanzwellend in een woest rinkelend crescendo.

Mijn hoofd voelt lichter aan, alsof mijn bloeddruk gezakt is. Ik laat mijn benen buiten bed bungelen en ga dan voorzichtig staan.

In de deuropening zie ik IJe aan tafel zitten. In de hoek van de kamer, naast het eikehouten kastje, brandt een schemerlamp waarvan de roze kap scheef hangt. Op tafel ligt een ontbijtkoek en een mes. IJe draait zijn hoofd in mijn richting.

'Tingeltangel,' zeg ik en wijs in de richting van het donkere raam.

De schemerlamp werpt een ronde lichtplek op het plafond waarbinnen twee vliegen om elkaar heen zoemen.

'Wat ik je zei,' zegt IJe. 'De wind. Zo hard raast hij anders niet vaak om deze tijd van het jaar. Wil je een stuk koek?'

Ik kom aan tafel zitten, wrijf over mijn wangen.

'Hoge noten. Als de stoom,' zeg ik.

'Wat?'

'Die glasmuziek daarbuiten.'

IJe hoort mij niet. Hij is verdiept in het afsnijden van een plak koek.

Ik steek het stuk in mijn mond, hap en voel iets tussen mijn kiezen kraken. Dan proef ik het openbarstend kristal van de kandij, zie ze weer hangen aan draadjes onder langs de keukenplank gespannen, kettingen van snoep, de bruine, half doorzichtige gladde kristalvlakken van de kandijklonten die mamma zelf maakte.

'Kandij,' zeg ik. 'Klassieke lekkernij.'

'Ja, kandijkoek,' zegt IJe. 'Ik krijg wel eens wat van Maria, de moeder van Jules. Ze denkt dat ik van alles te kort kom.'

Hij lacht. Ik zie het gladde dieprode tandvlees, de rasperige tong die even naar buiten komt en zich dan weer terugtrekt in de tandeloze mond.

'Op zee hebben ze het nu zwaar te verduren,' roept hij en staat op. Hij loopt naar het chocoladebruine radiotoestel op het plankje naast de deur en zet het aan.

En net als vroeger, voordat het melodietje van Paul Vlaanderen werd gespeeld en een nieuwe aflevering van het hoorspel begon, hoor ik eerst het ruisen van de zich langzaam opwarmende radiobuizen. Dan glijdt zachtjes en eerst uit de verte nog een stem de kamer in. IJe draait het volume helemaal open. Het is alsof de nieuwslezer in de kamer staat. IJe blijft bij de bulderende radio staan. De nieuwslezer heeft het over verhoging van campinggelden, over vergiftigd drinkwater en een auto-ongeluk waarbij twee mensen zijn omgekomen. Dan neemt een andere stem het van hem over en leest het weerbericht. Een harde tot stormachtige wind die in de loop van de nacht zal afnemen. IJe knikt tevreden en zet de radio zachter. Direct na het weerbericht begint er muziek.

'Muziek,' zegt hij. 'Dat is wel heel erg als je dat moet missen hoor. Vooral Verdi. Giuseppe Verdi. Zijn muziek mis ik. Soms probeer ik aan die aria's te denken, maar het is gek, ik kan me die muziek niet te binnen brengen. Net alsof ik van binnen ook doof ben.'

'Toen ik half was, hielp het, muziek, om mij vooruit te brengen in de wereld,' zeg ik. 'Groter dan kracht van woorden. Accepteer dat maar van mij.'

Hij kijkt niet naar mijn lippen en hoort dus ook niet wat ik zeg. Hij lijkt opgesloten in zijn eigen gedachten.

'Muziek der sferen!'

IJe staat op, loopt naar de stapel boeken op het kastje en trekt een boek onder uit de stapel. Hij legt het voor zich op tafel, bladert.

'Dit gaat allemaal over de opera. Allemaal operacomponisten. Verdi. Puccini. Berlioz. Die vond ik ook zo mooi, die Berlioz.'

Hij schuift het boek naar mij toe. Gretig tasten mijn ogen de letters af. Ik kan mijn teleurstelling nauwelijks verbergen. Ik herken geen woord. Abrupt schuif ik het boek over de tafel terug.

'Laten we maar gaan slapen,' zegt IJe met het stuk koek in zijn hand.

Als we in bed liggen, hij in het houten ledikant, ik op een paar dekens in de andere hoek van de stal, luisteren we naar de wind die door de pannen giert, naar de rinkelende flessen buiten in de tuin.

'Dat kan ik wel horen,' zegt IJe in het duister. 'De wind in de flessen. Maar nooit speelt hij een wijsje van Verdi. Dat kan de wind nu weer net niet, melodietjes maken.'

Ik geef geen antwoord. In het donker kan ik hem toch niet bereiken.

...

'Kom,' zegt IJe en tikt met een vinger op het papier dat ik gisteren heb volgeschreven.

'Vrijdag,' zeg ik en neem een slok van de bittere Nescafé.

'Dat was gisteren,' zegt hij. 'Dus vandaag is het...?' Hij praat alsof hij het tegen een kind heeft. Ik kijk steels op mijn horloge, alsof daar het antwoord op zijn vraag staat te lezen.

'Maandag,' zegt IJe. 'Maandag, dinsdag, woensdag.'

Ik voel mijn lippen meebewegen met de namen van de dagen, dan val ik in: 'Donderdag, vrijdag, zaterdag, zondag.'

'Precies,' zegt IJe. 'Zie je wel dat je het nog weet.'

'Ontschoten,' zeg ik. 'Maar nu jij het zegt: op rij!'

‘Zaterdags mag ik altijd op het kerkhof douchen,’ zegt IJe.

Ik kijk hem verwonderd aan.

‘Zaterdags wordt er niet begraven,’ verduidelijkt hij. ‘Dan mag ik de douche in het lijkenhuisje gebruiken.’

‘Bah,’ zeg ik. ‘Gewoon akelig.’

‘Jij stinkt trouwens ook aardig vriend.’ IJe lacht.

Nu pas valt het mij op dat ik mijzelf kennelijk niet meer ruik. Net zoals ik mijn stoppelbaard als een vanzelfsprekend verlengstuk van mijn gezicht ben gaan beschouwen. Ik snuffel aan de mouw van mijn overhemd, maar het enige dat ik ruik is stro. Stro en de scherpe geitelucht.

‘Bok,’ zeg ik. ‘Ik ruik naar bok.’

De wind is gaan liggen. Het is nog vroeg, de zon staat laag en rond de hoge poten van de elektriciteitsmasten hangt een dunne nevel, zoals ik me die van zomerochtenden herinner, wandelingen die we maakten op zondagmorgen rond het dorp terwijl pappa spottend keek naar de in het zwart geklede kerkgangers op de dijk. Misschien is het dat rijtje zwaluwen op een elektriciteitsdraad dat mij dit beeld te binnen brengt: ernstige mensen in het zwart, in ganzenpas over de dijk voortstappend op weg naar de kerk met zijn beierende klok.

Nu hangt de klok stil in zijn houten klokkestoel. De vierkante toren is donkergroen geschilderd, net als de kerktoren van ons dorp. IJes schoenen klossen over de straatweg. Hij groet de mensen die wij tegenkomen met een breed handgebaar. Ze kijken ons nieuwsgierig aan.

‘Ze willen weten wie jij bent. Iedereen kent elkaar hier. Maar mij niet gezien. Ik wil niets met ze te maken hebben.

M'n geiten hebben ze me al afgenomen. Ik weet precies wat er gekletst wordt. Ze denken dat ik gek ben. Alleen Maria en Melle niet. Die kennen me. Die weten dat ik m'n hele leven hier op dit land gewoond heb. Nu hier, dan daar. Je was knecht. Anders was er niet. Van de ene boer naar de andere.'

Een vrouw komt ons op de fiets achterop. Ze kijkt bij het passeren achterom en verliest bij die manoeuvre bijna de macht over het stuur.

'Dat heb je ervan,' zegt IJe. 'Kom, we nemen dit pad. Dan kunnen we buitenom. Ik kom niet graag in het dorp als het niet nodig is. Ze staan nu al te kletsen over wie jij bent. De praatjes zijn hier zo de wereld in.'

Het smalle pad volgt een sloot. Overal liggen stukken krant en plastic onder in de struiken langs de wallekant. In een van de knotwilgen aan de overkant van de sloot hangt een los brommerwiel. IJe wijst ernaar.

'Dat zijn de tekens van hun beschaving. Je moet altijd naar de buitenkant kijken, de rand van een dorp, dan weet je meteen hoe het erbinnen toegaat. Een hoop kouwe drukte en bergen afval, dat is de maatschappij van tegenwoordig. Laatst hebben ze hier nog een hele nieuwbouwstraat moeten afbreken. Die bleken ze op een gifbelt gebouwd te hebben. Niemand wist ervan. Behalve Joris de Goede dan, die de grond indertijd aan de gemeente had verkocht. Ja, nu zijn ze aan het uitzoeken wie die rotzooi daar gestort heeft en hoeveel De Goede daarvoor gevangen heeft. Maar ja, papieren zijn er natuurlijk niet, net zo min als dat geld er nog is.'

We lopen langs de achterkant van een rij lage huizen met grijs geschilderde houten bovengevels. Er hangt wasgoed in de tuinen te drogen. Een naakt kind zit in een rood opblaasbadje en kletst met vlakke handen op het water. Een merel troont roerloos als een windwijzer op een televisiemast.

Het pad buigt bij het hek van het kerkhof naar rechts. Door de spijlen kijk ik naar de opstaande grafstenen. De meeste zijn oud en verweerd.

''t Zal mij benieuwen of ze mij hier straks hebben willen,' zegt IJe. 'Met dat cremeren van tegenwoordig houd ik mij niet op. Een mens hoort in de aarde teruggelegd te worden vind ik.'

Ik knik. We lopen om het hek met zijn vergulde punten heen. De ingang van het kerkhof is vlak naast het portaal van de kerk. De zon schijnt in de glas-en-loodruitjes van de kerkramen.

'Zo,' zegt IJe, terwijl hij het kiezelpad op stapt, op een toon alsof dit onze eindbestemming is. Onze schoenen kraken over het pad. Ik neem aan dat IJe hier de witte kiezels vandaan heeft waarmee hij zijn bed met oranje afrikaantjes heeft verfraaid. De meeste doden liggen hier al lang. Nergens zie ik verse bloemen. IJe wijst op een rood bakstenen huisje dat ongeveer in het midden van het kerkhof vlak tegen het hek aan is gebouwd. Het lijkt op een elektriciteitshuisje, al staat er geen afbeelding van een doodskop op de stalen deur.

'Ik ga wel even eerst,' zegt IJe. Hij kijkt het kerkhof rond. 'De jongelui trekken weg, die sterven overal elders behalve hier.' Hij trekt de deur open en gaat naar binnen.

Het grind prikt pijnlijk door de dunne zolen van mijn schoenen. Daarom ga ik op de borders lopen al vermoed ik dat de bordjes die hier en daar in het gras staan mij dit nu juist verbieden. De meeste graven zijn eenvoudig en op dezelfde manier uitgevoerd: een opstaande steen met daarvoor een in een zwartstenen lijst gevat stukje gras of grind. De oude graven bevinden zich achterin. Hier liggen de stenen plat op de grond. Fijn grijs mos heeft zich in de uitgebeitelde letters genesteld. Ik hurk neer voor een van de stenen. Met de vingers van mijn rechterhand betast ik de vormen van de reliëfletters, langzaam, één voor één. Mijn vingers lezen, verstijven dan plotseling, tasten snel verder over het kille oppervlak.

Ik kom overeind. Mijn knieën knikken en steken, kunnen het gewicht van mijn lichaam nauwelijks meer dragen als ik de naam op de steen voor mij opnieuw lees, nu alleen met mijn ogen.

Ik draai mij om en vlucht het kerkhof af. Het dorp ligt voor me. Een lange straat met aan weerszijden huizen en een paar winkels. De Bovenweg.

Ik houd mijn passen in. Onopvallend moet ik het dorp betreden. Alsof ik inderdaad dood ben, zoals Kees Tol die daar achter mij op het kerkhof ligt; alsof de mensen op straat mij niet kunnen zien zoals ik hen zie, zoals ik hen herken.

4

Juffrouw Tersteeg, die altijd aan de deur komt als ik bij dokter Verhulst een recept voor mamma kom halen of een drankje voor Hanna die kinkhoest heeft, gaat het hek voor het hoge doktershuis binnen en duwt de eikehouten deur open. De zware deur sluit zich achter haar, langzaam en onverbiddelijk.

Ook ik loop over het tegelpad naar de voordeur. De beukeboom in de tuin achter het huis ruist alsof hij mij met al zijn roodbruine bladeren welkom heet. Voor de arduinen stoep die juffrouw Tersteeg vanmorgen in alle vroegte heeft geschrobd, blijf ik staan. De ruisende beukebladeren willen dat ik de deur binnenga, dat ik alles opgeef wat ik ben. Keer terug, lispelen ze. Duw de deur open met allebei je handjes, slissen ze. Verdwijn voorgoed in het koele binnenste. Zo fluisteren ze.

Ik lees de zwarte reliëfletters in het witte marmeren bord naast de deur. 'Dr. L. T. Vrolijk. Alleen volgens afspraak.' Ik lees het twee, drie keer. Het gaat zo eenvoudig alsof ik nooit anders heb gedaan, alsof de onmacht waarmee ik naar de bladzijden van een boek staarde niets dan inbeelding is geweest. Ik lees de tekst op het bord, keer op keer. Het is alsof een herinnering voor mijn ogen oplost in het heden van een handeling, die mij vertelt dat dokter Verhulst zich nu dokter Vrolijk noemt.

Ik loop langs de zijkant van het doktershuis. De siertralies voor de keldervensters zitten er nog net zo. En ook de kraan in de buitenmuur, even verderop, waar de echtgenote van dokter Verhulst, een kleine vrouw in een broekpak, de groene tuinslang op aansluit, die nu opgerold naast de regenton ligt.

Ik til het deksel van de zwarte ton aan het houten handvat op. Rond en uitgesleten groet het deksel de muis van mijn hand. Op het stille oppervlak drijven een paar strotjes waartussen een insekt energiek heen en weer schaatst. Dieren hoef je niet te herkennen, ze zijn er altijd, steeds dezelfde, in dezelfde, stilstaande dierentijd.

Ik lees de boodschap van het rondkrieuwelende waterbeestje. Het is dezelfde boodschap die ook de beukebladeren in mijn oor fluisteren. Geef op, laat je toch zinken, het is eenvoudig. Je draait rond in de ton, in steeds dezelfde kringetjes op het vliesdunne oppervlak tot je erdoor zakt en in de zwarte diepte verdwijnt en een ander, die in alles op je lijkt, je werk aan het oppervlak overneemt. Onder het voortschaatsende insekt duikt mijn bleke smalle gezicht op. Een onverzorgde grijze baard bedekt mijn kin en het onderste deel van mijn wangen. Ik glimlach. Zo zal niemand mij herkennen. Kees Zomer kan hier rustig rondlopen zonder dat iemand op hem toe zal komen en zeggen, hee, jij hier.

Ik leg het deksel terug en loop tot achter in de tuin. Onder de beuk staat een wit gietijzeren tuinameublement, een tafel, twee stoelen en een bank. Op de tafel ligt een opengeslagen boek dat even verlokkend met wapperende bladzijden naar mij wenkt. Met een kloppend hart loop ik op het boek toe. Het geluid van de bladeren boven mijn hoofd stuurt mijn ogen langs de regels, vangt ze aan de rechterkant van de bladzij op en brengt ze ritselend naar het begin van de volgende regel. Op de maat van hun muziek lees ik zonder dat tot me doordringt wat ik lees. Het genot van het lezen zelf overvleugelt iedere betekenis. Woorden rijen zich aaneen tot zinnen die zich splitsen in hoofd- en bijzinnen. Mijn ogen volgen de wissels van de interpunctie. Een zelfstandig naamwoord zoekt naar een werkwoord, vervoegt het (en denk goed na of er een d, een t of een dt achter moet fluistert meester Van Tricht), een onderwerp krijgt zijn gezegde. Dan is de beurt aan de hulpwerkwoorden. En dan aan de bijzinnen, de een na de ander, die zich vertakken en zangerig, steeds voller en overtuigender, hetzelfde herhalen als de bladeren boven mijn hoofd.

Achter in de tuin loopt een kippebruggetje met een hekje in het midden dat de tuin van de dokter afsluit van het schoolplein (hoeveel kinderen met kapotte knieën en bloedende ellebogen zijn er niet snikkend over dat bruggetje naar het doktershuis gebracht).

De hakken van mijn schoenen vinden steun op de dwarslatjes van de oplopende brugplanken, mijn hand licht de ijzeren klink van het hekje. Ik loop het bruggetje over de bekroosde sloot af en sta op het stille betegelde schoolplein met in de hoek de fietsenstalling met zijn dak van gegolfd plaatijzer, waar wij tussen fietsen samenschoolden als de regen op het dak kletterde en meester Van Tricht binnen een voor een de bolle witte hanglampen ontstak.

Nu ligt het schoolplein verlaten, de fietsenstalling is leeg en in het stenen gebouw, met aan de gevel in reliëfletters het jaartal 1912, brandt geen licht. Even aarzel ik in het aangezicht van de feiten, dan steek ik het schoolplein over en hoor ik de meisjes gillen bij het tikkertje spelen, de bons waarmee de springer bij het bok bok berrie tegen de rug van de voorgaande springer opbotst, het schrapen van ijzerbeslag van voortrennende jongensschoenen, het klapperen van houten kleppers en het rondzoeven van het springtouw op de springplek rechts naast de openstaande schooldeuren, waar meester Van Tricht en juffrouw Asselbergs naast elkaar naar ons staan te kijken tot het tijd is om in twee rijen, de jongens en de meisjes apart, naast elkaar naar binnen te marcheren, de twee lokalen in waar het ruikt naar krijtstof en sponzedozen en natte jassen die over het halfronde kachelscherm met zijn uitgestanste gaatjes hangen te drogen.

Ik kijk naar de bank, de derde in de middenrij, waar ik op mijn lei zit te schrijven met de stroeve punt van de grijze griffel terwijl meester Van Tricht een potlood in de punteslijper steekt die aan de rand van zijn tafel zit vastgeschroefd. Naarmate de punt van het potlood scherper wordt zoemt de punteslijper steeds hoger en tevredener.

Het is stil om mij heen. Alleen het gekras van de griffels is te horen terwijl de stem van meester Van Tricht de laatste zin van het dictee herhaalt: 'Het lijden van de Leidenaren door de pijlen van de vijand liet het levenspeil onverlet.'

Net als meester Van Tricht herhaal ik de zin een paar keer hardop terwijl ik langs het schoolgebouw naar het hek loop. Ik draai de ronde knop naar rechts. De lome tik waarmee het hek achter mij in het slot valt betekent dat ik niet na hoef te blijven om strafregels te schrijven, steeds maar weer dezelfde regel, dezelfde mededeling die nu opstijgt uit mijn lichaam en naar woorden zoekt. Ik kan lezen, ik kan lezen!

Drie huizen verderop ligt de winkel van Van Dam.

'Schrijfbehoeften' staat er op de ruit en daaronder, in kleinere letters, 'tevens Uitleenbibliotheek'. Daar haal ik de bruingekafte cowboyboeken voor pappa en de vierkante grote kwartjesboeken van mijn favoriete schrijver, Hans de la Rive Box. Nu schemeren er andere letters doorheen, het woord 'Sigarenmagazijn' verdringt het woord 'Schrijfbehoeften' tot dat laatste verdwenen is, opgezogen in de nieuwe, modernere belettering.

Ik herken het winkelinterieur niet. Door de rijen sigarettenpakjes in de schuin opstaande witte vakjes zijn de stapeltjes schriften, de bontgekleurde sponzedozen en de met rood glanzend papier samengebonden griffels in pakjes van twaalf nog maar vaag te zien. Naast de kassa staat een vernikkelde nietmachine, de enige die de overstap van schrijfbehoeften naar sigarenmagazijn heeft weten te maken. Er is niemand in de winkel. De crèmekleurige schuifdeuren naar het achterhuis zijn gesloten. Zolang ze dicht blijven rusten daarachter op houten schappen de gekafte en genummerde boeken van de uitleenbibliotheek.

In de etalage staat een in karton uitgesneden reclameplaat. Display heet dat tegenwoordig, displaymateriaal. Ik hoor de stem van een jongeman (waarvandaan?) die dat woord vol enthousiasme uitspreekt. Op de plaat is een woestijn afgebeeld. Aan de horizon trekt een karavaan kamelen voorbij. Uit het zand op de voorgrond steken twee behaarde mannenhanden omhoog. Een blond meisje in een bikini snelt toe met een pakje sigaretten in haar uitgestrekte handen. 'Voor avontuurlijk rookgenot', staat in zwarte letters op de blikken standaard waar de plaat in rust. Ik kan de tekst vlot lezen, maar de samenhang tussen tekst en afbeelding ontgaat mij.

Aan de overkant ligt de winkel van Peet, waar ik mijn eerste lange broek heb gepast. Mijn vader noemt hem een drollenvanger. Als ik tegen die benaming protesteer zegt hij dat ik hem ook plusfour mag noemen.

Meneer Peet staat nog steeds in de winkel. Of is het iemand die sterk op hem lijkt? Dezelfde smalle lippen en beweeglijke vingers waarmee hij de taille- en lengtemaat 'afneemt', zoals hij het noemt.

Ik loop verder over de kaarsrechte Bovenweg. De bewoners houden hun voortuintjes nog steeds keurig bij. De aangeharkte grindpaadjes, bloemrijke borders en recht afgeknipte heggen zijn een voortzetting van de interieurs die ik door de erkers kan zien. In de kamers dolen vrouwen met kopjes koffie rond, zitten mannen met slipovers de krant te lezen, staart een kind wijdbeens op het vloerkleed zittend naar een rode speelgoedauto.

Een tuinkabouter staat bij een kleine vijver. De stem van mijn zoon Wouter zegt ergens van uit een andere ruimte dat ik verder moet lezen. Wouter is hier nooit geweest. Hij is nu net zo oud als ik, vlak voor pappa de winkel zal opdoeken en wij in de ruime cabine van de verhuiswagen van Tigchelaar het dorp voorgoed achter ons laten.

Ik haast mij door de straat om nog op tijd bij onze winkel te komen, die aan het andere eind van het dorp ligt. Al van verre zie ik dat ik te laat ben. Het woord 'Zuivel' heeft zich al uit het raam teruggetrokken. Maar het interieur is geduldig op mij blijven wachten met al zijn laden, kastjes en glazen schuifdeurtjes. Vol verlangen naar de geur van versgebrande koffie uit de zilverblinkende maalmachine met zijn koperen vulbeker, waar pappa de koffiebonen in neer liet ritselen, open ik de winkeldeur. Het gerinkel van het belletje blijft achterwege, net als de geur van de koffie. De winkel ruikt nu licht naar zeeppoeder. Een man met een kale schedel en het camelkleurige winkeljasje van pappa aan komt achter uit de winkel naar voren. Naast een draadijzeren molen vol in plastic verpakte panty's blijft hij staan. Ik besef dat ik in zijn ogen nauwelijks een aantrekkelijke klant kan zijn. Ik moet het initiatief nemen, mijn aanwezigheid hier verklaren, maar ik kan plotseling niet op een openingszin komen.

'Wat kan ik voor u doen,' vraagt de man en loopt langzaam in de richting van pappa's ouderwetse verzilverde kassa. De neiging om zijn zin te herhalen is zo sterk dat ik mijn mond helemaal moet opensperren om te wachten tot zijn woorden eruit zijn alvorens ik beginnen kan zelf woorden aan te maken.

'Doen,' zeg ik, in herhaling verstrikt, 'doen. Eén zwaluw maakt nog geen zomer. Kees Zomer. Zo vernoemd naar mijn vader die ook een Zomer was.'

'Ja, dat begrijp ik,' zegt de man korzelig en steunt nu met één hand op de kassa. 'Maar wat wilt u?'

'Waar een wil is, is een weg.' Weer zo'n spreekwoord dat meer in de weg zit dan dat het wat verduidelijkt. Integendeel, die spreekwoorden leiden steeds van de hoofdzaak af.

'Met excuses,' zeg ik. 'Mijn vader drijft hier zijn nering.'

'Uw vader?' De man grijpt zijn neus vast, als wil hij controleren of die er nog aan zit. Hij draait zich half om in de richting van het achterhuis en roept met een hoge, nasale stem: 'Rietje!'

Een mollige vrouw met een vuurrode mond komt in een witte mouwloze jurk op pantoffels door het achterhuis aansloffen. In haar opgestoken haar blinken koperen speldjes. Ze lijkt werkelijk in niets op mamma. Het huilen staat mij nader dan het lachen.

'Mijn vader en mijn moeder,' begin ik tegen de vrouw, maar de man valt mij in de rede.

'Meneer hier beweert dat zijn vader hier een winkel heeft.'

De vrouw kijkt van mij naar haar man.

'Kees Zomer,' zeg ik. 'Verrast u mee te mogen maken.'

De vrouw schiet in een gulle lach.

'Ik ook,' zegt ze. 'Want dan zou u mijn zoon moeten wezen.'

'Schei toch uit Rietje,' zegt de man geërgerd. 'Ik heb nog nooit van ene Zomer op het dorp gehoord. Jij?'

De vrouw schudt haar hoofd. Ze is opeens weer ernstig. Ze heeft haar wenkbrauwen geëpileerd waardoor haar voorhoofd groot en slap lijkt. Haar gelaatstrekken ontberen ook de steun van mamma's stevige kin. Ze slaat haar armen over elkaar en grijpt haar bruine blote bovenarmen beet.

'U bent abuis,' zegt ze. 'Op welk adres moet u zijn?'

'Bovenweg veertien.' Dat gegeven ligt ijzersterk in mijn geheugen opgeslagen en komt er dan ook zonder mankeren uit.

'Het is hier nummer twintig. Kijkt u maar op de deur buiten.'

Ze loopt langs me heen en doet de winkeldeur open. Ik kijk even snel naar boven. Geen winkelschel.

Verward loop ik naar buiten. Ik durf niet om te kijken omdat er tranen in mijn ogen staan. Ik weet zeker dat de man en de vrouw mij naast elkaar in de deuropening staan na te staren.

Ik loop de Bovenweg af die mij langs lange rijen kassen voert tot aan de kruising. Daar staat een langwerpig bord met de naam van het dorp aan de achterkant. Ik hoef die naam niet langer te lezen. Het heeft geen zin meer achterom te kijken. Ik begin te rennen.

5

Terwijl ik tussen de weilanden voorthol, voel ik hoe mijn lichaam zich vult met vermoeidheid, mij ten slotte door zijn steeds toenemende gewicht tot stilstand dwingt. Het is aanweziger dan ooit, tot in de kleinste uithoeken doet het zich voelen en trekt haarscherp de grens tussen mij en de wereld.

Ik ga op mijn rug in de berm liggen. Een tijdlang kan ik niet anders dan hijgen, wachten tot mijn hart en longen de controle over de rest van mijn lichaam herwonnen hebben en het denken weer aarzelend op gang komt, op de maat van de scherpe uithalen van kieviten en het gekras van een groepje kraaien op een akker.

In voorwerpen schuilt een groot gevaar. Voor het eerst begrijp ik wat het begrip melancholie wezenlijk inhoudt. Het is niet het mijmeren over voorbije gebeurtenissen, maar het besef van de stelselmatige aanwezigheid van het verleden, dat zich in de dingen verscholen houdt, je hoeft ze maar aan te raken of ze keren terug, de geluiden, de geuren, de woorden en de gezichten die je tot nu toe onder de zo geruststellende noemer van 'vroeger' meende te kunnen onderbrengen. Nu pas voel ik hoe het verleden je ieder moment te grazen kan nemen, als een bacterie die in je lichaam zijn kans afwacht. De melancholie is een ziekte die je besmet door de voorwerpen om je heen en het heden is niet meer dan een vliesdun oppervlak met ieder object als een potentieel wak. Omdat mensen zich niet bewust zijn van het feit dat voorwerpen niet alleen de ruimte toebehoren maar ook de tijd krijgt de melancholie steeds weer een kans, blijven de doden met hun verdwenen handelingen rondhangen en wachten op een gelegenheid om via een voorwerp contact met je op te nemen en je mee te slepen in hun schrikbewind van louter ruimte, louter afwezigheid. Alleen in een omgeving waar alle sporen uit het verleden zijn gewist zou je helemaal veilig zijn.

Ik kom overeind en kijk om mij heen. Heel dit lage land, zo ver het oog reikt, met zijn kronkelende blinkende sloten en bruggetjes, donkere rechthoekige akkers, verspreide molens en kaarsrechte rijen bomen, die naar de horizon toe snellen en daar verijlen, alsof zij in het licht willen opgaan, is bedekt met een dun laagje vernis. Er hoeft maar iets te gebeuren of het barst en je tuimelt hals over kop in de donkere onderschildering waarop een mens tijdens zijn leven beter niet kan stuiten maar die, eenmaal geraakt, onder je werkelijke leven echoot als het holle, naar alle kanten wegschietende geluid onder het ijs terwijl je helemaal alleen de blauwzwarte ijsvlakte overstak op je Friese doorlopers; een dreigende begeleiding onder je vermetele poging de overkant te bereiken, de stijve bevroren rietkragen waarachter een onbekende wereld begon. Je hoort hoe de ijzers van de kleine schaatser zich slag voor slag verwijderen. Hoe het ijs naar de kanten toe kraakt onder het voorbijschietende gewicht van het jongenslijf dat zelf ook kraakt van de kranten onder zijn zwartwollen jopper, dichtgebonden met een leren riem. Ik zit in de berm en zie hoe hij de overkant bereikt, tussen de rietkragen verdwijnt.

Nu is de jongen onzichtbaar geworden.

Ik kijk naar de weilanden, naar hun rust, nauwelijks verstoord door het raspende geluid van de grazende zwart-wit gevlekte koeien.

Voorzichtig beproef ik de verleden tijd in woorden als vroeger, toen, verleden jaar, lang geleden. Ik merk dat het gaat, hortend en langzaam, maar het gaat. Ik kan over mijzelf in de verleden tijd spreken, al is het recente verleden nog steeds maar sporadisch aanwezig. Hardop zeg ik: 'Hij stond op en liep naar de fiets die daar verderop tegen een hek leunde.' Dan doe ik wat de zin mij heeft voorgezegd.

Ik kijk om mij heen, maar de bezitter van de fiets is nergens te bekennen. De fiets staat niet op slot. Ik duw hem, met één hand op het zadel en een op het stuur, voor mij uit de weg op en spring dan in het zadel.

Bij een kruising tref ik een wegwijzer aan. Ik lees een woord dat ik direct herken en sla links af in de richting van een bosrand. Daarachter moeten de bergen liggen die het bord mij in het vooruitzicht stelt. Nog maar zeven kilometer van hier verwijderd zal ik omhoog rijden, naar alle kanten uitkijken, eindelijk een overzicht krijgen.

Het aantal kilometers op de wegwijzers neemt gestadig af, maar de weg stijgt niet, alsof de omgeving niet aan de beloften van de taal tegemoet wil komen.

Ik rijd door bosrijke lanen. Lichtspikkels flikkeren voor mij uit over de fietspaden en het autoverkeer groeit. Veel auto's hebben nummerborden die mij onbekend voorkomen. Bij de laatste wegwijzer maakt het cijfer plaats voor een liggend streepje. Ik sla links af en volg het fietspad naast de autoweg. Tussen de bomen wurmt een lange slang auto's zich voorwaarts. De stank van uitlaatgassen vermengt zich met de geur van dennenaalden. Dan verbreedt de weg zich en rijd ik tot mijn verbijstering zo maar een dorp binnen.

Waar komt het zo opeens vandaan? Ik kan het zo gauw niet rubriceren of onderbrengen. Daarom blijf ik doorfietsen tot aan een plein met in het midden een kerk. Als ik om het plein heen rij zie ik dat alleen de buitenmuren nog overeind staan.

Ik herken het plein met zijn lage huizen, de kunstig gesneden witte daklijsten langs de mosgroen geschilderde bovengevels, de uiteengereden keitjes van de ouderwetse straatweg die een zoevend geluid aan mijn wielen ontlokken. De opschriften op de winkels komen mij bekend voor, willen mij herinneren aan vroegere gebeurtenissen die hier kennelijk in mijn aanwezigheid hebben plaatsgevonden. Een van de winkels rond het plein springt eruit, bijna letterlijk schuift hij zijn pui naar mij toe. De etalage ligt vol boeken. Ik rem af, zet mijn fiets tegen het lage muurtje dat het kerkhof van de rijweg scheidt en steek tussen twee langzaam rijdende auto's de straatweg over.

Lange tijd blijf ik voor de etalage staan en bekijk de omslagen van de uitgestalde boeken. Sommige komen mij bekend voor. De namen van de schrijvers preluderen op een kennis die net onder de oppervlakte van mijn bewustzijn blijft drijven. Precies als een tijd geleden met de woorden het geval was. Ik zag het woord voor me, het aantal letters, hoorde de klank van de stemhebbende klinker, voelde hoe mijn tong in mijn mond de juiste stand aannam om het woord uit te spreken. Het woord was aanweziger dan het ooit in mij geweest was en toch kon ik er niet bij komen.

De schrijversnamen op de boeken brengen reeksen beelden op gang. Ik zie gezichten die bij de namen horen, het interieur van een ruim licht vertrek met twee bureaus, volgestapeld met boeken en mappen. Ik ruik de geur van bedrukt papier, hoor de krakende band van een nieuw boek dat voor het eerst opengeslagen wordt.

Zo nu en dan gaan er mensen de boekwinkel binnen. Naast de buitendeur hangt een rek met kranten. Ik zie dat het zaterdag 12 augustus is. Als ik door de etalage de winkel in kijk, vinden mijn ogen een bol, week gezicht dat mij verrast lijkt te herkennen. De man, gekleed in een beige broek en een wit overhemd met korte mouwen, komt energiek op mij af en trekt mij aan een arm opgewonden de winkel binnen. Hij lijkt zowel verbaasd als verheugd mij te zien. Pas als ik zijn stem hoor herken ik hem.

'Meneer Zomer,' zegt Richard Fielemieg. 'Meneer Zomer. U hier?'

'Meneer Zomer, u hier,' herhaal ik met dezelfde intonatie. Hij denkt dat ik hem naäap, een grapje maak misschien, maar mijn spraakvermogen kan op dit moment niet anders. Ik probeer niet te luisteren naar wat een man en een vrouw achter in de winkel tegen elkaar zeggen, bang dan ook hun zinnen na te moeten spreken.

Vriendelijk lachend trekt hij mij mee naar de toonbank, waar een vrouw met wit haar en witte wenkbrauwen bezig is een boek in te pakken.

'Kijk eens wie we hier hebben Rita. Meneer Zomer van uitgeverij Discus.'

De vrouw staart mij met waterige ogen aan alsof ik een spookverschijning ben. Haar vingers laten de naar binnen gevouwen driehoekjes van het pakpapier los.

Ik glimlach onzeker en geef de vrouw een hand. Richard Fielemieg heeft gelijk. Ik weet het, maar ik kan nog met geen mogelijkheid inhoud geven aan de mij toegekende kwalificatie, die mij als een uithangbord in de leegte voorkomt: uitgeverij Discus.

'Waar bent u al die tijd geweest?'

Ik hoor mijzelf zijn vraag herhalen. Nu lacht hij niet meer.

'Wat bedoelt u? In de winkel natuurlijk.'

'Wat bedoelt u? In de winkel natuurlijk.'

Ik doe een paar stappen naar achteren, alsof ik mij van mijn uitspraken (die eigenlijk de zijne zijn) wil distantiëren. De man en de vrouw achter in de winkel voeren een fluisterend gesprek dat ik gelukkig net niet kan verstaan. De witte vrouw achter de toonbank schuift het half ingepakte boek opzij en vraagt: 'Wilt u soms een kopje koffie?' Uit haar blik valt heel mijn sjofele gestalte af te lezen.

Mijn eensluidende wedervraag slaat ze gelukkig in de wind. Misschien begrijpt zij wat ik mankeer. (Dit is erger dan het geweest is. Toen kon ik mij met behulp van benaderende zinnen, spreekwoorden en synoniemen nog enigszins duidelijk maken. Nu ben ik de gevangene van het taalgebruik van de anderen geworden!)

Richard Fielemieg begrijpt het in ieder geval niet. Ik weet nu weer precies wie hij is. Vroeger, toen ik zelf aanbood, ben ik vaak bij hem in de winkel geweest. Hij was de meest eigenwijze boekhandelaar die ik ooit heb meegemaakt. Over ieder boek had hij een mening, geen uitgever deugde. Als je Fielemieg mocht geloven was de hele branche ten dode opgeschreven. Maar als het op bestellen aankwam gaf hij niet meer dan wat armzalige eentjes op en probeerde op de valreep ook nog een hogere korting te bedingen.

Ik draai mij van hem af om de kans op conversatie te verkleinen en loop naar een tafel vol boeken. Een herken ik meteen. Ik pak het boek in zijn wijnrode omslag op. Herman Poelgeest: *Het onbewoonde eiland.* Ik sla de titelpagina op. Onder aan de bladzij staat de naam van de uitgeverij: Discus. Eigenlijk had ik nog iets verwacht, een geschreven opdracht van Herman. Ik weet ook niet waarom. Ik blader het boek door, herken de bladspiegel, de Bembo. Dan sla ik de laatste alinea op.

'En iedere keer dat hij de ronde langs het strand had gemaakt, zag hij nieuwe verse sporen in het zand, voetafdrukken van weer een nieuw schepsel waarnaar hij onvermoeibaar op zoek ging in de hoop hem deze keer te vinden. Nooit keek hij meer uit over zee, waar de zeilen van de passerende schepen aan de horizon allang door rokende schoorstenen waren vervangen.'

Richard Fielemieg komt naast mij staan. Haastig leg ik het boek op de stapel terug.

De vrouw met het witte haar roept achter mijn rug: 'Uw koffie!'

'Uw koffie,' zeg ik tegen de boekhandelaar.

'Nee, de uwe,' zegt hij beleefd en een beetje schrikachtig.

'Nee, de uwe,' kaats ik terug.

De boekhandelaar kijkt langs mij heen. Hij heeft dun sluik haar en wijd uitstaande oren. Hij doet alsof dit gesprek niet heeft plaatsgevonden en begint over het boek dat ik zonet in mijn hand hield.

'Natuurlijk is het niet zo goed als Tourniers bewerking van hetzelfde gegeven, maar het idee dat Vrijdag een hallucinatie van Crusoë zou zijn, is heel origineel gevonden. We verkopen er momenteel veel van.'

Hij kijkt mij gespannen aan. Hij heeft zo snel gesproken dat het mechanisme dat mijn spraakvermogen tot herhaling dwingt er zo gauw geen raad mee weet. Ik word in staat gesteld te zwijgen.

'Uw koffie,' zegt hij naar de drie kopjes op de toonbank wijzend waar de witte vrouw het boek intussen heeft ingepakt en het aan de man en de vrouw overhandigt.

'Goedenmiddag,' zegt de man die een zonnebril heeft opgezet.

'Goedenmiddag,' klinkt luid mijn stem. De man en de vrouw verlaten gehaast de winkel. Ik loop ze achterna. Als ze mij naar buiten zien komen, zetten ze het op een holletje. Ik schud mijn hoofd en loop lachend en op mijn gemak naar mijn fiets aan de overkant.

Fielemieg staat in de deuropening van zijn winkel. De witte vrouw staat schuin achter hem en steunt met beide handen op zijn rechterschouder. Ze kijken hoe ik op de fiets stap en wegrijd. Ik maak mijn lippen vochtig, voel de koele wind erlangs strijken.

Weer zie ik zo'n blauwe wegwijzer met witte letters. Ja, ik wil nog steeds naar de bergen. In ijlere lucht kun je beter nadenken. Ik volg de instructies en sla rechtsaf. Volgens het bord liggen de bergen aan zee, zoals wel vaker het geval is.

De dennebomen in de laan waar ik nu doorheen fiets buigen zich over de weg, hun kronen raken elkaar. Rijen auto's met vreemde nummerborden komen mij tegemoet. Ik kan dit feit niet verbinden met wat ik zojuist heb geobserveerd. De geografische omstandigheden waarin mijn leven zich afspeelt liggen behoorlijk door elkaar. Ik kan mij namelijk niet voorstellen dat ik mij in het buitenland zou bevinden. Hoe zou ik daar Fielemiegs boekhandel hebben kunnen aantreffen? Ook de klanten in de boekhandel spraken trouwens gewoon Nederlands.

Aan het einde van de beschaduwde laan loopt de bosgrond plotseling omhoog. De voet van de bergen! Dan moet ook de zee niet veraf meer zijn. Ik ga op de trappers staan en begin aan de beklimming. Boven mijn hoofd hoor ik de meeuwen al uitnodigend krijsen. De zon staat laag tussen de bomen. Als het pad plotseling een scherpe bocht naar rechts maakt raak ik een ogenblik totaal verblind. Als ik weer voor mij uit kan kijken zijn de bergen verdwenen, alsof ze een decorstuk waren dat abrupt is weggetrokken, en rijd ik een glooiend duinlandschap binnen. Op de straatweg naast mij staat een lange file walmende auto's. Ik moet goed rechts houden, op het fietspad komen fietsers in zomerse kledij mij in lange rijen tegemoet. Er wordt luid getoeterd en gebeld. Vuisten gaan omhoog. Het lijkt wel alsof deze mensen zich van een plek des onheils spoeden.

Tussen het bleke helmgras tegen de duinhellingen groeien stoffig groene struiken met vuurrode bessen erin, glanzend als kralen. Ik zou daar gaarne verwijlen (blij ben ik met deze ouderwetse zinsnede, afkomstig uit een ver verleden of een boek), maar aan beide kanten zijn de duinen door prikkeldraad van de weg afgesloten.

Ik moet de woorden op de wegwijzer verkeerd geïnterpreteerd hebben. Plotseling dringt het tot me door dat het hier wel eens om een plaatsnaam, niet om een beschrijving zou kunnen gaan. Plaatsnamen die er zo maar schijnen te zijn en waar het landschap zich niet noodzakelijkerwijs iets van aantrekt.

Dan helt de weg scherp naar beneden en suis ik in volle

vaart een chaotische bebouwing van her en der verspreide huizen en huisjes en een enkel flatgebouw binnen. Ik flits langs een kerkje en een parkeerterrein waar langzamerhand weer wat plaats begint te komen, langs een rij naoorlogse lage huizen met platte daken waarvan de voortuintjes volgestapeld staan met plastic tuinmeubilair. Overal hangen kleurige badpakken aan waslijnen te drogen.

De weg eindigt op een groot plein. Ik rem af, stap van de fiets en probeer tussen de dichte rij voortkruipende auto's naar de overkant te komen, waar een kleiner plein ligt, omringd door snackbars en cafés. Het pleintje ligt bezaaid met lege zakjes en plastic patatbakjes. Een stroom mensen, vaak vergezeld van dreinende kinderen en blaffend in het rond springende honden, komt op mij af. Achter hen zie ik de zee beneden al liggen in glinsterende kalmte, alsof zij zeggen wil: op mij kun je rekenen; als je het woord zee hebt zien staan kun je er zeker van zijn dat ik niet veraf meer ben.

Ik zet de fiets tegen een muurtje op slot en loop langs een tot winkel omgebouwde caravan waar belegde broodjes worden verkocht. Op een zwart bord aan de voorkant staat met grote witte letters 'Uw broodjes worden door ons prima verzorgd'.

Veel kinderen die van het strand komen dragen kleurige T-shirts met allerlei teksten, veelal in het Engels. De meeste spreken Duits. Het merendeel van de teksten onderhoudt geen enkele relatie met de dragers. Een dikke vrouw is gehuld in een roze landschap vol gifgroene palmbomen waaronder in zwarte lettertjes de naam van de afgebeelde plek staat, het eiland Hawaii. Een smalle jongen in een wit T-shirt proclameert 'I am here' en dat is een zin die de waarheid nu eens geen geweld aandoet, maar juist daardoor ook iets overbodigs heeft.

Aan de tevreden gezichten van al die van het strand terugkerende mensen kan ik aflezen dat de hen omringende woorden en teksten hen niet in het minst uit hun evenwicht brengen, dat ze ze misschien niet eens opmerken, laat staan dat ze de tekst met de werkelijke stand van zaken zouden vergelijken. Ik denk ook dat dat normaal is en dat ook ik een scheiding zou moeten aanbrengen tussen de woorden en de wereld, maar dat gaat mij nog steeds niet vanzelfsprekend af. Steeds weer dringt een nieuwe onnauwkeurigheid op de tekstborden of winkelopschriften zich aan mij op. 'Heden warme worst' staat daar boven de gevel van een gesloten eettent. 'De verkoop gaat gewoon door,' zegt een tegen een bakfiets geplaatst bord met een pijl die in de richting van de zee wijst.

Het pleintje helt naar beneden en gaat over in een door een houten plankier gevormde strandafgang. Ik vestig mijn blik op de letterloze zee en loop het strand op.

Het is vloed. Langzaam kruipt de schuimende waterrand het land op en vult de kleine en grote voetafdrukken in het zand. Zandkastelen brokkelen af in het oprukkende water. Een rijtje dobberende meeuwen wacht vlak achter de branding als een konvooi op orders. De net boven de horizon hangende zon werpt een oranje rimpelende baan over het water.

Langzaam loop ik langs de vloedlijn en voel hoe ik tot rust kom, hoe de taal in mijn hoofd gaat liggen en ik alleen nog maar een lichaam ben met een bewustzijn dat niet verder wil reiken dan zijn aanwezigheid hier, lopend over dit strand.

Hoe verder ik mij van de afgang verwijder des te stiller wordt het op het strand. De duinrand breekt hier abrupt af. In de zandlagen zijn de slingerende golfpatronen van de vorige herfststormen nog goed zichtbaar. Ook dit zijn tekens, verhalen, maar zij hebben geen woorden nodig.

Bij een van de uitpuilende ijzeren afvalbakken blijf ik staan. Tussen de papieren, de bakjes en de gedeukte bierblikjes zoek ik naar iets eetbaars. Onder een lege plastic fles trek ik een halfvol zakje patat uit. Met het zakje ga ik op de grond zitten, met mijn rug steun zoekend tegen de bak.

Een groep jongens nadert mij. Een van hen heeft een brandende fakkel in zijn hand. Verderop zie ik afvalbakken in brand staan. Ik blijf rustig zitten en steek de koude taaie staafjes gebakken aardappel een voor een in mijn mond.

Als de jongens vlakbij zijn vormen zij een kring om mij heen. Een donkere jongen met een wit litteken op zijn rechterwang zegt: 'Smaakt het oudje?'

De kopieermachine die ik kennelijk geworden ben herhaalt zijn vraag.

De jongen doet een paar stappen naar voren. Hij kijkt in het patatzakje in mijn hand. 'Gatverdamme,' zegt hij. 'Vreet jij uit vuilnisbakken?'

Mijn antwoord is zijn vraag.

Nu pakt hij mij bij de kraag van mijn overhemd en schudt mij heen en weer. Het zakje valt uit mijn hand in het zand.

'Ben jij soms de leukste thuis,' schreeuwt hij met overslaande stem. En weer kan ik niet anders dan hem met gelijke munt betalen. Ik probeer mij los te rukken.

Een van de jongens roept: 'Laat hem toch Johan. Je ziet toch dat die vent gek is.'

De donkere jongen laat me los. Ik val met een smak terug tegen de afvalbak, die boven mijn hoofd plotseling in lichterlaaie vliegt.

Het is alsof met de angst voor de vlammen en de hitte van het vuur boven mijn hoofd ook de woorden zich losmaken en naar buiten breken. Ik spring overeind. De jongens deinzen in een kluitje achteruit.

'Stelletje klootzakken,' klinkt het uit mijn mond, vol woede en overtuigingskracht.

'Oude zak,' roept er een. 'Gore zwerfnicht,' gilt een ander.

De ban is nu gebroken. Ik dans niet langer naar het pijpen van andermans woorden. Een hees gebrul stijgt op uit mijn strottehoofd. Met mijn handen tot vuisten gebald ga ik ze tegemoet.

'Ik zal jullie een voor een verzuipen,' schreeuw ik. 'Net zolang zal ik jullie koppen onder water houden tot jullie geen woord meer uit kunnen brengen.'

'Schweinhund,' roept een hoogblonde jongen. Maar mijn taal heeft nu de overhand. Langzaam achteruit lopend verwijderen ze zich.

'Al die strottekoppen van jullie zitten boordevol stront,' roep ik ze na. 'Stikken jullie, stikken jullie allemaal.'

Het is nu geen schelden meer wat ik doe, maar een vrije improvisatie die mij ten slotte in woordeloos gezang doet losbarsten. Maar de jongens luisteren al niet meer naar me. Ze hebben zich omgedraaid en rennen van mij weg, ondertussen een denkbeeldige bal naar elkaar overgooiend.

Ik wend mij tot de bijna roerloze watervlakte waarachter de zon als een oranje bal nu bijna verdwenen is, haar kleuren naar zich toe trekkend. Even nog houdt zij het silhouet van een zeilboot in haar lichtkrans gevangen, dan verdwijnt ook de laatste ronding onder de horizon.

Ik kleed mij uit en loop het water in. Mijn lichaam herkent de situatie onmiddellijk. Langzaam laat ik mij voorover in het water zakken en zwem weg. Ik wil die trillende, steeds korter wordende lichtkegel tegemoet. Toch draait mijn lichaam zich na een tiental slagen om en zwemt terug tot waar ik weer kan staan. Ik was mijn lichaam met het zoute water tot ik voel dat al het vuil van mijn huid verdwenen is. Dan loop ik terug naar het strand, raap mijn kleren op en was ze uit in de branding. Zo goed als dat gaat wring ik ze uit.

Ik ben nu helemaal alleen. De jongens hebben alle afvalbakken op hun weg in brand gestoken. Nergens is meer iets eetbaars te vinden. Plastic flessen en houtjes van ijslolly's liggen na te smeulen in de rokende en stinkende bakken. Als ik aan de duinkant een opgang gewaarword klim ik naar boven.

Nog eenmaal draai ik mij om, de natte kleren in mijn ene, mijn schoenen in de andere hand. De avond lijkt uit zee op te stijgen, zoekt zich een weg naar de met sterren bezaaide hemel. Hoe gevaarlijk water ook kan zijn, nu levert het zich zachtjes kabbelend aan het stille strand uit.

'Zee,' zeg ik en nog eens, 'zee' en ik constateer hoe het water en het woord in elkaar glijden als een hand in een handschoen. Ik draai mij om en ga in de richting van de donker voortgloeiende heuvels, die de warmte van de dag in hun bleke grassen vasthouden. Verbaasd voel ik een erectie opkomen.

Het is windstil om mij heen; geen blad, geen struik beweegt. Zo nu en dan hoor ik van opzij een licht geritsel in het gras. De maan is bijna vol. Nog steeds zie ik de maan met een gezicht, een kindergewoonte die ik nooit heb afgeleerd. Het maanlicht vlijt zich bijna verlegen over de duinen. Mijn lange schaduw valt vaag afgebakend voor mij op het zandheuveltje dat ik beklim. De kleren hangen zwaar over mijn linkerarm. Het lijkt zo normaal om naakt te lopen dat ik de neiging voel ze te laten vallen, alles achter mij te laten.

Ik stel mij een ontmoeting met een vrouw voor. De vrouw is net als ik naakt. Duidelijk zie ik het loshangende blonde haar dat over haar schouderbladen heen en weer schuift terwijl zij heupwiegend op mij afkomt. Als ze vlak bij mij is herken ik haar. Ik neem haar mee een duinpan in, spreid mijn kleren uit en ga naast de kleren op mijn rug in het zand liggen.

'Marion,' fluister ik terwijl ik haar mijn hand leen, 'Marion' en voel hoe gulzig mijn geslacht trilt en klopt in haar hand en de golf een aanloop in mijn liezen neemt en zich dan naar buiten stort en mij overspoelt.

Langzaam trekt het lichaam zich uit zijn alleenheerschappij terug en verschijnt Marions gezicht voor mij, dat ik, smal en schuchter, heb leren kennen op de factureerafdeling van uitgeverij Orion, waar ik als jongen van drieentwintig in het vak begonnen ben. Steeds verder lijkt het lichaam zich terug te trekken. Het algemene leven, gedicteerd door fysieke processen waar ik geen macht over uit kan oefenen, maakt plaats voor persoonlijke, scherp omlijnde herinneringen, die al die tijd vergeefs moeten hebben aangeklopt. 'Marion,' fluister ik.

Ze staat in de serre van ons huis en geeft de planten water met de rode plastic gieter waarmee Wouter vroeger in bad speelde. Ik til mijn zoon uit bad. Ik wil hem afdrogen, maar hij grist de badhanddoek uit mijn handen. Hij wil het zelf doen. Misschien geneert hij zich daar zo naakt voor zijn vader te staan. Marion glimlacht. Laatst heb ik hem in bad betrapt; zat hij met zichzelf te spelen. Haar tanden staan een beetje vooruit als ze lacht. Dan noem ik haar konijntje en zij mij spleetoog. Woorden die ik nu zachtjes voor mij uit de duinen in fluister, woorden die mij zijn teruggegeven, eerste bouwstenen van een leven dat voorgoed verloren leek.

Hoe lang precies ben ik weg geweest? Misschien ben ik wel als vermist opgegeven. Ze moeten me gezocht hebben. Wat zullen ze op de uitgeverij gedacht hebben toen ik niet meer op kwam dagen? Maar nogmaals: hoe lang?

Ik probeer erover na te denken, mij te herinneren wat er gebeurd kan zijn, maar er is daar niets, geen enkel beeld. Een lege spiegel. Mijn herinnering moet niet gefunctioneerd hebben. Ik ril bij het idee dat ik al die tijd op een soort automatische piloot heb geleefd.

Ik bevind mij ergens aan de kust. Morgen moet ik Marion bellen, als het licht is en de winkels open zijn. En weer zie ik haar in de serre staan, nu met haar rug naar mij toe. Ongerust schuift zij de vitrage opzij en tuurt de laan voor ons huis af. 238407. Dat is het nummer dat ik moet draaien om verbinding te krijgen, haar zelfverzekerde lichte stem 'Met Marion Zomer' te horen zeggen.

Ik kijk naar de uitwaaierende sterrennevels boven mijn hoofd. Ertussen liggen zwarte verlaten gedeelten waar niets lijkt te zijn.

Ik zou willen slapen (of heb ik toch geslapen). Als ik mij iets uit de afgelopen dagen probeer te herinneren is er niets dan een felle schaduwloze ruimte. Voor mijn gevoel is er geen tijd verstreken, is er helemaal geen tijd geweest, al is dat in wezen onvoorstelbaar. Er moeten zich dingen hebben afgespeeld, ik moet gegeten en geslapen hebben. Ik voel mij zoals een dier zich moet voelen, alleen in de ruimte, zich voortbewegend van een niets naar een nergens. Maar wat er direct voor het 'incident', zoals ik het nu maar even bij gebrek aan beter noem, is gebeurd herinner ik mij precies.

Ik was met mijn auto op weg naar Karel van de Oever, een oud-vertegenwoordiger van ons die zeventig werd. Ik had een bos bloemen voor zijn vrouw op de achterbank liggen. In het handschoenenvakje lag een gebonden en gesigneerd exemplaar van *Het onbewoonde eiland* van Herman Poelgeest, dat net uit was. Ik had hoge verwachtingen van die roman en wist dat Van de Oever, die veel van het werk van Poelgeest had aangeboden, vereerd zou zijn met een persoonlijke opdracht van de schrijver. Maar toen? Toen niets meer. Toen? Daar hield de weg op, de auto, ikzelf, om mij hier weer terug te vinden, naakt in een duinpan.

De nacht blijft zoel. Soms hoor ik hoog boven mij het geluid van een boven zee aanvliegend lijntoestel. Een enkele vogel klapwiekt in een boom. Het roerloze zand heeft zich onder mij naar mijn lichaam geschikt. Ik pluk een grashalm en kauw erop. Honger laat mijn lege maag rommelen.

Toch moet ik al die tijd gegeten hebben. Maar hoe lang was 'al die tijd'? Of was er iemand die mij te eten heeft gegeven? Ik herinner mij zo iemand niet, zo min als ik mij enige plek kan herinneren waar ik geweest ben, geweest moet zijn.

Ik verlang naar huis, naar een bed, naar Marion, die een strijkkwartet van Beethoven voor mij opzet terwijl ik achter mijn bureau in de voorkamer ga zitten om een nieuw manuscript te lezen. Wat zouden Peter, Ankie en Rob al die tijd gedaan hebben? Daar heb je die term weer die mij licht wanhopig maakt, 'al die tijd'.

Als er geen tijd is loop je verloren in een lege ruimte. Toch kan ik mij ook niet herinneren bang of ongelukkig te zijn geweest. Een niet-zijn? Maar dat kan niemand zich indenken. Zolang je leeft ben je aanwezig. Je lichaam bewijst je dat, al weigert het de herinnering eraan prijs te geven en schenkt het je in plaats daarvan een andere.

Ik moet een jaar of twaalf geweest zijn. Zonder iemand over mijn plannen in te lichten was ik op een zaterdagochtend gaan schaatsen op de sloten achter het dorp. Daar schaatsten wel meer kinderen maar ik had het plan opgevat een ontdekkingstocht te gaan maken. Een kaart van de provincie had ik onder mijn kleren verborgen. Uit mijn moeders portemonnee had ik een rijksdaalder gestolen om onderweg eten te kunnen kopen, dat ik voor mijzelf proviand noemde. Via de smalle sloten met hun hobbelijs kwam ik op de vaarten en meren waar ik al gauw geen mens meer tegenkwam. Het enige geluid werd veroorzaakt door de uitslaande ijzers van mijn doorlopers. Het leek alsof dat geluid door een zwakke echo onder het zwartglanzende ijsoppervlak begeleid werd. Toen schoot ik onder het ijs. Precies zo plotseling ging het, zonder enige overgang van het harde ijs het ijskoude water van het wak in. Even moet ik in paniek zijn geraakt, toen nam mijn lichaam het van mij over, draaide mij een slag om en spartelde naar de zwarte plek die het wak in het ijs aangaf. Ik krabbelde naar de rand en zonder dat de kanten afbrokkelden wist ik aan wal te klimmen. Ik ontdeed mij van mijn schaatsen en begon over de licht gerijpte weilanden in de richting van het dorp te hollen. Ik moest blijven draven, al ging dat steeds moeilijker. Het leek alsof mijn langzaam bevriezende kleren steeds zwaarder werden, als een stijf harnas om mij heen sloten. Toen ik ten slotte hijgend en huilend de keuken binnenstommelde vroeg mijn vader met een dampende kop koffie in zijn hand waar ik mijn schaatsen gelaten had. Ik weet het niet, stotterde ik. Maar ik wist het natuurlijk wel. Ik had ze uit angst en woede in het wak gesmeten waar ze zelfs nog even waren blijven drijven, voor ze met hun lange schaatsbanden achter zich aan sliertend in de diepte verdwenen.

Het begint langzaam te dagen. Het glorende zonlicht dringt de maan terug, de sterren hebben zich, op een enkele bleke planeet na, teruggetrokken, de hemel heeft de kleur van donkere inkt en zal nu snel van onder op zijn vertrouwde blauwe tint terugkrijgen. De kleren naast mij zijn nog nat, maar ze stinken tenminste niet meer.

Als ik mij in de stroeve kleren gehesen heb voel ik hoe mijn haar stijf staat van het zout. Dan begin ik aan de terugtocht.

6

Ik ben teruggekeerd in mijn leven, mijn hoofd zit weer vol gegevens waarmee ik aan de slag kan, de weg naar huis terug moet kunnen vinden.

Een man in een donkerblauw trainingspak, afgebiesd met witte randen, passeert mij op een drafje en roept 'tschüss'. Een Duitser, zoals er zoveel Duitsers 's zomers aan de kust verblijven. Als ik eenmaal op het strand ben, kan ik mij misschien beter oriënteren dan in dit golvende duinlandschap met hier en daar het donkere accent van een bosje dennebomen die de zwakke wind door hun toppen laten ritselen. Ik volg de verse sporen van de Duitser, de diepe geribbelde afdrukken van zijn grote sportschoenen in het rulle zand.

Als ik weer een heuveltje beklommen heb, zie ik wat verspreide villa's op een duinrand staan. Het kan niet anders of daar ergens moet de zee zijn. Ik verander van richting, volg niet langer de voetsporen van de Duitser, maar klim door duinpannen, loop over krakende dode takken en door het stugge harde helmgras dat in mijn kuiten prikt.

Zo beland ik op een klinkerweg. Even later vind ik een wegwijzer met de naam van een plaats erop en weet ik waar ik ben: Bergen aan Zee. Nog geen vijftig kilometer van huis! Ik loop over de straatweg, passeer een hoog en somber gebouw met een serre langs de hele voorkant waarin oude mensen aan lange schragen zwijgend achter witte kopjes koffie zitten. Op een braakliggend terrein laat een man een rode vlieger voor zijn zoontje op. De vlieger duikelt op de zwakke thermiek op en neer, lijkt zich even wild ratelend de bodem in te zullen boren, maar wordt dan weer opgetild door een voorbijtrekkende grondwind die hem regelrecht het zenit in stuurt. Ik zie de haspel rondtollen tussen de gestrekte handen van de man en kijk naar de vuurrode vlieger die daarboven de onzichtbare windstromingen zichtbaar maakt en in de lucht ronddanst.

De huizen, die ik zo straks van uit de duinen heb zien liggen, bevinden zich nu recht voor mij. Een mosterdgele streekbus rijdt zonder passagiers rond een rotonde en verdwijnt dan om de hoek van een van de huizen uit het gezicht.

De dorpsbewoners lijken nog te slapen. Overal hangen bordjes voor de ramen. Zimmer. Frühstück. Ik passeer een hotel dat 'Rondom Zon' heet. Een gesloten haringkar is beschilderd met glazig ogende vissen die zich over de glanzend bruin geschilderde planken een weg naar zee zoeken.

Dan zie ik een plein liggen dat ik meteen herken omdat ik er ooit met Marion en Wouter een appartement heb gehuurd in het betonnen flatgebouw dat het plein aan de oostkant van de duinen afsluit. Ook in de kamers van de benedenflats, vol rieten meubels en slordig neergeworpen vakantiekleding, is nog geen leven te bespeuren.

De winkels en snackbars op het smalle pleintje, grenzend aan het Van Wijckplein, zijn gesloten. Ik loop in de richting van de strandafgang. Een bord onder op een sta-caravan vermeldt 'Uw broodjes worden door ons prima verzorgd', maar de toonbank is met twee witte luiken afgesloten. Bovendien heb ik geen geld om iets tegen de honger te kopen.

Over het houten plankier daal ik af naar het strand. Het is eb. Het zonlicht lijkt boven op de zeemist te dobberen. Een zwarte hond scharrelt langs de vloedlijn en rent pijlsnel weg als hij mij gewaar wordt. Het is prettig het harde, natte zand onder mijn schoenen te voelen. Nergens zijn nog voetafdrukken in de onbesmette, nieuw gevormde zandlaag te bekennen. Als ik mij omdraai zie ik mijn voetsporen als enige tussen de witte en blauwzwarte schelpjes staan.

De witte stoelen van een terras wat verderop staan uit, maar het wat hoger gelegen strandpaviljoen met zijn gele Nutriciavlag is nog gesloten. Daar zal ik wachten tot het dorp ontwaakt en er mensen op het strand verschijnen. Dan kan ik Marion bellen dat ze me moet komen halen.

In de verte hoor ik een automotor. Als ik in de richting van het geluid kijk, zie ik een jeep vlak langs zee hard in mijn richting rijden. Meeuwen die in een strakke rij voor de branding op het strand staan opgesteld stijgen traag wiekend op bij het naderen van de jeep.

Als de auto een paar honderd meter van mij vandaan is, zwenkt hij over het strand naar mij toe. In de jeep zitten twee agenten. Met een elegante draai komt de jeep voor het strandpaviljoen tot stilstand. Een van de agenten klimt eruit en stapt op mij af. Ik sta op uit de plastic kuipstoel.

'Goedemorgen,' zegt de jongen en tikt beleefd aan zijn pet. Een dun snorretje loopt als een veter onder zijn scherpe neus.

'Goedemorgen,' zeg ik terug.

'Mag ik u iets vragen,' zegt de jongeman terwijl hij in een notitieboekje bladert dat hij uit de borstzak van zijn uniformjasje te voorschijn heeft gehaald.

'Natuurlijk,' zeg ik, 'ga uw gang.'

'Kan het kloppen dat u meneer Zomer bent. Kees Zomer?'

'Dat klopt,' zeg ik. 'Maar hoe weet u dat?'

'U bent al meer dan een week als vermist opgegeven. Gisteren heeft iemand die u kende u in Bergen gesignaleerd. Vanaf dat moment hebben we naar u uitgekeken.'

'Vreemd,' zeg ik. 'Ik herinner mij niet dat ik zo lang ben weg geweest, dat ik überhaupt in Bergen ben geweest.'

'Wilt u zo vriendelijk zijn om met ons mee te komen,' zegt de agent.

Ik knik. Op het politiebureau kan ik Marion bellen.

De bestuurder van de jeep lijkt mij wat ouder dan de agent met het snorretje. Hij knikt alleen maar even kort als de jonge agent hem op de hoogte stelt van mijn identiteit. Hij geeft te veel gas zodat de voorwielen even doldraaien in het zand. Dan wrikt hij de voorwielen naar links en langzamer nu rijdt hij de jeep het harde zand op. De wind trekt door mijn nog vochtige overhemd. Ik ril. De jonge agent kijkt mij over zijn schouder onderzoekend aan, maar zegt niets. Ik kijk naar de zee, naar de zon die zich nu uit de mistsluiers heeft losgewikkeld. Zo nu en dan passeren wij mensen, meestal in het gezelschap van een hond.

'Het dreigt een mooie dag te worden,' zegt de jonge agent.

'Zondag,' zegt de oudere politieman.

Zondag. Dat verklaart de uitgestorven staat van het dorp.

De jeep draait nu naar de duinrand een strandafgang op, hobbelt over de uitgelegde ijzeren platen tot de wielen de klinkers van de strandboulevard pakken. We draaien de Zeeweg op, richting Bergen.

‘Wie was degene die mij in Bergen heeft gezien,’ vraag ik de jonge agent.

‘Fielemieg, van de boekhandel,’ antwoordt hij.

‘Vragen stellen doen we op het bureau,’ zegt de oudere agent corrigerend.

Even valt er een stilte. Twee scholeksters fladderen laag over de Eeuwige Laan het bos in.

‘Gek,’ zeg ik. ‘Ik herinner me niet hem gezien te hebben.’

‘Zien zonder gezien te worden,’ zegt de jonge agent gekscherend. ‘Dat zei onze sergeant in dienst altijd. Zien zonder gezien te worden. Zie Handboek Soldaat, pagina zo en zoveel.’

De jeep stopt op de parkeerplaats voor een vierkant stenen gebouw. Achter de ramen branden tl-buizen aan het plafond. De jonge agent houdt de donkerblauw geschilderde voordeur voor mij open. Ik stap een tot heuphoogte betegelde gang in. De jonge agent wijst op een houten bank tegen de muur.

‘Wilt u daar plaats nemen. Opperwachtmeester Scholten komt zo bij u.’

Ik glimlach. Dit is de eerste keer van mijn leven dat ik met de politie in aanraking kom.

Aan de muur tegenover mij, boven de witte tegelwand, hangt een kaart van Noord-Holland. Ik sta op en loop ernaartoe. Mijn vinger volgt het traject van Bergen aan Zee naar Heemstede, trekt dan een wijde cirkel om het gebied waar ik rondgezworven moet hebben. Ik lees de namen van dorpen en dorpjes, maar geen ervan roept herinneringen aan een recent bezoek op. Dan gaat er achter in de gang een deur open. Een corpulente man van mijn leeftijd, met een blauw overhemd dat strak om zijn buik spant, komt mij met uitgestoken hand tegemoet.

Opperwachtmeester Scholten wijst op een stoel voor een eenvoudig stalen bureau waarop wat mappen liggen en een blikken boterhamtrommeltje zijn inhoud toont. De politieman loopt naar het raam en trekt de luxaflex dicht. Dan gaat hij tegenover mij zitten. Ik kan mijn ogen niet van de boterhammen in het trommeltje afhouden en verbeeld me dat de man tegenover mij het rommelen van mijn maag duidelijk moet kunnen horen. Hij wrijft in zijn brede handen en kijkt een ogenblik naar twee vliegen op het plafond. Dan zucht hij en kijkt mij vriendelijk onderzoekend aan.

'Vertelt u eens,' zegt hij terwijl hij een stuk papier uit een van de mappen te voorschijn trekt en een ballpoint uit het borstzakje van zijn overhemd wipt.

'Ik weet niet,' zeg ik. 'Er valt niet veel te vertellen.'

'Hoe bedoelt u?'

'Ik herinner me niet hoe ik hier gekomen ben. Hoe ik al die tijd geleefd heb.'

Opperwachtmeester Scholten schrijft iets op. Nu hoort hij het knorren van mijn maag. Verrast kijkt hij van het papier op en schuift dan met zijn vrije hand al schrijvend het boterhamtrommeltje mijn richting uit.

'Ga gerust uw gang,' zegt hij. 'Jam en kaas. Meer hebben we niet in de aanbieding.'

Hij legt zijn pen neer en staat op. 'Ik ga even koffie halen. Hoe drinkt u het?'

'Melk en suiker graag,' zeg ik en pak de bovenste boterham uit het trommeltje, een boterham met kaas, die desondanks ook naar jam smaakt. Maar mijn honger is te hevig om kieskeurig te zijn.

Als de opperwachtmeester de kamer uit is sta ik op en loop om het bureau heen. De politiefunctionaris heeft maar één woord aan het papier toevertrouwd. Black-out. En daarachter een vraagteken. Eén woord om mijn afwezigheid te verklaren. Het is een bijna zielig gezicht. Een politieman is erop gericht om op grond van allerlei ongelijksoortige informatie zich een beeld van de ware toedracht te vormen, een verhaal met een causaal verband. Eerst dit, dan dat. Een reconstructie. Maar in mijn geval ontbrak ieder spoor. Dat ene woord op het verder lege papier drukte onmacht uit, het vraagteken achterdocht.

Ik hoor zijn voetstappen in de gang aankomen en ga snel weer op mijn plaats zitten. De opperwachtmeester zet een dikke stenen beker voor mij neer.

'Hij is al van vanochtend,' zegt hij excuserend.

Hij gaat zitten en staart even naar het woord op het papier.

Hij weet niet goed hoe hij het gesprek moet voortzetten.

Als ik mijn mond leeg heb, zeg ik, op een telefoon wijzend, 'zou ik mijn vrouw mogen bellen?'

'Is al gebeurd,' zegt de opperwachtmeester. 'Uw vrouw is onderweg hier naartoe.' Hij heeft bruine, enigszins ronde ogen, die mij even deelnemend aankijken, maar dan weer de observerende blik van de politieman in functie aannemen.

'Uw vrouw,' zegt hij. 'U weet hoe uw vrouw heet?'

'Natuurlijk weet ik hoe mijn vrouw heet,' zeg ik geïrriteerd. 'Marion Zomer. Mijn adres is Langevoortlaan 12 in Heemstede en mijn telefoonnummer daar is 238407.'

De opperwachtmeester pakt de bovenste map van het stapeltje en slaat hem open. Hij knikt goedkeurend zonder mij aan te kijken.

'U begrijpt het niet,' zeg ik. 'Het enige dat ik mij niet herinner zijn die dagen dat ik zoek ben geweest. Voor de rest weet ik alles nog. Ik moet een soort black-out gehad hebben.'

Ik kijk de opperwachtmeester strak aan. Hij wrijft met twee vingers van zijn linkerhand over de brede brug van zijn neus.

'Hier staat, volgens een verklaring van uw vrouw, dat u op woensdag 2 augustus, 's middags om kwart over vier het huis verlaten hebt, in een Peugeot 203, kenteken DJ-34-ST, bouwjaar 1986. U was op weg naar een oud-collega, Karel van de Oever, in Koog aan de Zaan, die die dag zijn zeventigste verjaardag zou vieren.'

Ik knik. 'Dat klopt. In het handschoenenkastje lag een exemplaar van een boek van een van mijn auteurs met een speciale opdracht voor Karel erin.'

De opperwachtmeester leunt achterover in zijn bureaustoel en vouwt zijn vingers in elkaar, waaraan als enige versiering een dikke trouwring glanst.

'Het vreemde is alleen dat die auto van u spoorloos verdwenen is. Vindt u dat niet gek?'

Ik kijk hem aan. Wat kan ik zeggen?

'Zegt u mij eens. Herinnert u zich een ongeval. Werd u misschien plotseling onwel en bent u van de weg geraakt?'

Mismoedig schud ik mijn hoofd en neem een slok van de lauwe koffie.

'Ik weet het niet,' zeg ik hulpeloos. 'Heus niet.'

'Maar u herinnert zich wel dat u in de auto bent gestapt?'

'Ja,' zeg ik, 'dat herinner ik me. Ik ben de A9 op gereden, richting Alkmaar.'

Opperwachtmeester Scholten schrijft. 'Herinnert u zich dat u door de Velsertunnel bent gekomen?'

'Ook dat.'

'Herinnert u zich welke afslagen u daarna gepasseerd bent?'

'Daar heb ik niet speciaal op gelet.'

'Probeert u het zich te herinneren. Voor het opsporen van het voertuig is dat van het grootste belang.'

'Dat begrijp ik,' zeg ik.

'Beverwijk, Castricum, Akersloot. Zegt een van die namen u in dat verband iets?'

Ik schud mijn hoofd. 'Ik vind het zelf ook vreselijk,' zeg ik. 'U moet begrijpen hoe erg het is je niets meer te herinneren, terwijl je al die tijd wel doorgeleefd hebt.'

Scholten kijkt weer in de map. 'Hier staat dat uw vrouw maandag 7 augustus contact met de politie heeft opgenomen. Woensdag is uw signalement verspreid, maar niemand heeft u al die tijd gezien. Tot u 12 augustus op de fiets opdook bij Fielemiegs boekhandel hier in Bergen. Fielemieg wist van uw vermissing en heeft ons direct gebeld. Hij zei bij die gelegenheid–ik citeer: "De heer Zomer maakte een jachtige en wat verwarde indruk. Hij leek het gesprek dat wij voerden niet te kunnen volgen en herhaalde slechts alle aan hem gestelde vragen in plaats van er een begrijpelijk antwoord op te geven." '

'Het zal best waar wezen,' zeg ik, 'maar ik herinner me er allemaal niets van.'

'U kent de heer Fielemieg toch wel?'

'Jawel. Van vroeger. Toen ik zelf nog in de boekhandel aanbood.'

Scholten slaat de map voor zich open en voegt het papier waarop hij aantekeningen heeft zitten maken erbij. 'Tja,' zegt hij, 'dan weet ik het verder ook niet. We zullen de auto voorlopig maar als vermist noteren. Vermist is beter dan verdwenen. Verdwenen, dat kan niet in een rapport. Het kán natuurlijk wel, maar ik heb het liever niet.'

'Dat begrijp ik,' zeg ik.

De opperwachtmeester pakt de map en staat op. 'Dan ga ik dit dossier maar even afsluiten. Blijft u hier gerust op uw vrouw wachten. Ze zal wel zo hier zijn.'

Hij geeft mij een hand en kijkt mij voor het laatst onderzoekend aan. 'Als ik u was zou ik wel zo spoedig mogelijk een arts raadplegen,' zegt hij.

Ik knik en blijf voor mij uit kijken tot ik de deur achter mij dicht hoor gaan. Dan pak ik ook de boterham met jam uit het trommeltje.

Kauwend kijk ik om mij heen. Achter in het vertrek staat een hoge stalen archiefkast, ernaast een houten kapstok waar alleen een koppelriem aan hangt. In de linkerhoek van de kamer staat een kleine tv op een zwart tafeltje.

Ik sta op en loop naar de tv. Op het toestel ligt een tv-gids. Ik heb geen idee wat er sinds mijn 'vertrek' in de wereld gebeurd is. Even gaat mijn hand naar de knop. Nee, het is beter om op Marion te wachten, het gat in mijn geheugen door haar te laten opvullen en niet door nieuwslezers en commentatoren.

Ik neem de gids mee naar mijn stoel aan het bureau en begin erin te bladeren. Hij is van de vorige week. Deze programma's werden uitgezonden in de periode dat ik wel een bewustzijn had maar geen eraan gekoppeld geheugen. Misschien dat ik daarom zo gulzig de beschrijvingen lees. Alsof ik zo de leegte van die week met gebeurtenissen van buiten af wil vullen.

'De jonge arts Dmitri Maljanov doet veldwerk in de woestijn van Toerkmenistan. Hij wil bewijzen dat er een relatie bestaat tussen gezondheid en moraal, tussen (geringe) kindersterfte en religieuze beleving. Vrouw maakt abortus afhankelijk van al dan niet overlijden van haar echtgenoot. Margo loopt van huis weg. Van haar moeder hoeft ze niet meer thuis te komen, maar vader mist haar erg. Is een pleeggezin iets voor haar? Suppoost vertelt waarom de futiliteiten in zijn museum belangrijk zijn. Zoeken naar spoorloos verdwenen oude vrienden. Zal de afschaffing van de landbouwsubsidies in Oost-Europa de voedselprijzen doen stijgen? De snelle veranderingen in de jaren '60 deden 4 miljoen Japanners verhuizen van het platteland naar de steden om daar in nieuwe fabrieken te werken. Gelijktijdig startte de campagne voor geboortenbeperking.'

Al deze verhalen, al deze samenvattingen en uiteenzettingen, ze zijn me bijna te veel terwijl ik al lezend ook bevangen raak door een vreugde die ik aanvankelijk niet begrijp. Met kinderlijk plezier lees ik verder.

'Journaliste doet veel voor een goed verhaal over het handelskantoor. Vrouw van rustige architect vermoord, zijn dochter verkracht. Als politie niet veel verder komt, begint de bloeddorstig geworden bouwmeester een eenmanswraakactie.'

Goed zo. Ja, zo moet het leven zijn! En van dat leven wil ik weer deel uitmaken, ik wil weer betrokken raken in die razende carrousel van uit elkaar voortspruitende gebeurtenissen. Echt of fictief, dat doet er niet toe. Het zijn verhalen die mensen op de been houden. Ik weet niet meer wat er in de afgelopen tijd precies met mij gebeurd is, maar één ding weet ik zeker. Ik heb daar in een ruimte geleefd waar geen verhalen meer waren, als onder een glazen stolp waar de lucht uit vandaan was gepompt.

Zo iets zou opperwachtmeester Scholten niet begrepen hebben. Een ruimte zonder verhalen, dat heeft een politieman liever niet. Als ik thuis ben zal ik mij laven aan verhalen, net zolang tot ik weer het gevoel heb dat ik, net als de anderen, zwaar ben van het leven dat ons meesleurt van de ene gebeurtenis in de andere.

Dan gaat de deur open. Ik draai mijn hoofd naar de deuropening en voel de tranen in mijn ogen springen.

Marion knielt bij mij neer, neemt mijn hoofd tussen haar handen.

'Ik schaam me zo,' snik ik. 'Ik schaam me zo dat ik weg ben geweest zonder te weten waar.'

Mijn handen tasten over haar lichaam alsof ze niet kunnen geloven dat zij het is, Marion, in levende lijve. Ze duwt mijn handen zacht maar beslist weg. Terwijl ze mij met één hand over mijn hoofd streelt staat ze op en pakt mijn hand.

'Kom,' zegt ze. Ik kom overeind, houd als een klein kind haar hand vast. In de deuropening staat opperwachtmeester Scholten met een groot glimmend voorhoofd.

'Dat is dus opgelost,' zegt hij. In de gang schudt hij ons beiden plechtig en langdurig de hand, alsof hij een huwelijk bezegelt.

'Wel thuis,' roept hij ons in de open deur van het politiebureau na. Hij is een dorpspolitieman, gewend aan kleine problemen. Hij zal zeker blij zijn dat hij van dit lastige geval verlost is.

7

Buiten slaat Marion een arm om mij heen en drukt zich even stijf tegen mij aan.

'We zijn zo ongerust geweest,' zegt ze en haalt met haar vrije hand de autosleutels uit haar leren jack. Pas als ze me heeft losgelaten en om de Panda heen loopt, neem ik het totaalbeeld van haar levende gestalte in mij op. Onder het loshangende jack draagt ze een dun beige truitje op een witlinnen broek. Haar voeten steken in bruine mocassins. Ze leunt met beide handen op het autodak.

'Wat kijk je. Vooruit, instappen.'

Weer voel ik tranen in mijn ogen springen. 'Je bent me zo vertrouwd,' mompel ik. 'Ik voel me zoveel beter nu ik je weer helemaal voor me zie.'

Zacht streelt ze met een wijsvinger mijn neus, mijn lippen, mijn wangen, alsof ze zich als een blinde mijn gezicht wil inprenten. Star kijk ik door de voorruit naar buiten. Dan steekt ze het sleuteltje in het contact. Ze kijkt me van opzij aan.

'Is er iets?'

Ik schud mijn hoofd. Even was het alsof ik niet meer wist welke kant links en welke kant rechts was, welke voor en welke achteruit; maar nu nestel ik mij in de autostoel naast haar en spoor met de rijrichting van de auto. We zijn op weg naar huis.

'We zijn zo ongerust geweest,' zegt ze nog eens.

'Hoe is het met Wouter?'

'Goed. Hij moest hockeyen. En ik vond het ook beter dat hij niet meeging. Ik wist tenslotte niet hoe ik je zou aantreffen. Hoe voel je je nu, Kees?'

'Ontdooid,' zeg ik. 'Zo iets. Al is dat meer een beeld dan de ware toedracht. Ik weet niet wat er met me gebeurd is.'

'En de auto?'

'Geen idee. Ik weet dat ik in ben gestapt, dat ik op weg naar Karel was. En dan niets. Dan breekt het in mijn hoofd finaal af.'

'Het komt wel weer terug,' zegt ze.

Ik kijk haar van opzij aan. Er trekken drie rimpeltjes tussen haar gefronste wenkbrauwen. Ze rijdt altijd met gefronste wenkbrauwen en als ze onder een brug of een viaduct door rijdt buigt ze even, onmerkbaar bijna, haar hoofd, de schat.

'Ik heb je zo lief,' fluister ik.

'Niet doen,' zegt ze. 'Ik moet nu rijden. Straks.'

Ik kijk naar buiten, naar de weilanden, de sloten ertussen. De zon weerkaatst fel in een paar ruiten van een kassencomplex in de verte.

'Het komt me allemaal bekend voor,' zeg ik. 'Maar het is de herinnering aan vroeger, niet die aan de afgelopen tijd.'

'Denk er niet aan,' zegt ze.

'Er valt ook niet over te denken,' zeg ik. 'Waar niets geweest is. Er is alleen dat gevoel.'

'Welk gevoel?'

'Een soort dreiging. Alsof ik ieder ogenblik ergens doorheen kan zakken.'

We draaien nu de ringweg rond Alkmaar op. Er zijn niet

veel auto's op de weg; zondagmorgen herinner ik me.

'Alsof iets in mij nog niet helemaal wil geloven wat ik zie. Het hoort vanzelfsprekend te zijn, de werkelijkheid, maar ze is het niet.'

'Nog niet. Dat komt wel weer.'

De zon schittert in het open water van het Alkmaarder Meer, waar een paar zeilboten met hun witte zeilen nauwelijks vooruit lijken te komen.

'Ik vind het mooi hier,' zegt Marion, 'met al die rechte rijen bomen in het land.'

'Windsingels,' zeg ik.

'O,' zegt ze, 'noem je die zo?'

'Het is een woord van vroeger,' zeg ik. 'Tenminste, zo voelt het aan. Windsingels. Ik hoor het pappa nog zo zeggen.'

Een van de schaarse wolken schuift half voor de zon en zorgt voor een schijnwerperachtige lichtkegel die een stralenbaan op het glinsterende water werpt.

'Op zo'n plas ben ik een keer 's winters door het ijs gezakt. De volgende dag moest ik terug omdat ik mijn schaatsen daar verloren was. Maar er was niets meer van het wak te zien. Het was helemaal dichtgevroren. Er lag een dun laagje stuifsneeuw over. Ik wist de plek nog precies, maar pappa die met me meegegaan was, keek ongelovig naar het egaalwitte ijs. Ik wees naar de plek en had het gevoel alsof ik tegen hem stond te liegen, maar ik wist zeker, daar onder het zwarte ijs, op de bodem van de vaart, liggen mijn schaatsen.'

Marion zegt niets. Ze drukt de knop van de autoradio in. Ik herken de pianomuziek meteen.

'Haydn,' zeg ik. 'Dat moet Haydn zijn.'

'Vind je het zo mooi,' vraagt ze als ze de tranen ziet die als vanzelf over mijn wangen stromen.

'Het is de enige troost,' zeg ik schor. 'Muziek, die sleept je door alle ellende heen.'

'Het klinkt anders best vrolijk,' zegt ze.

'We hebben het thuis ook,' zeg ik.

'Nog maar acht kilometer,' zegt ze, 'dan zijn we er.'

Ik luister naar het langzame deel van de sonate. In de weilanden verschijnen houten borden met reclames voor sherry en waterbedden. Op een groot rood bord zweeft een sigaar met een gouden bandje. 'Ook al de sigaar?' staat er in witte letters onder. Ik realiseer me de woordspeling, de verwijzing naar een slagzin van vroeger, maar hij irriteert me. Nu ik er eenmaal op begin te letten kondigt de naderende bebouwing zich in een koor van woordgrapjes en slogans aan. 'Houd de zon erbuiten,' staat er op het dak van een fabriekshal waar kennelijk zonneschermen worden gemaakt. 'Wees er snel bij,' zegt een jong meisje in een strakke zwarte bodystocking, wijzend op een gifgroene sportauto met spaakwielen. Ik lees de borden die misplaatst in het landschap staan, de laatste stukken weiland verontreinigen met hun tekst. Een bruin glanzend paard staat met zijn kop op een hek gesteund naar een opgespoten zandvlakte te staren.

Rond plaatijzeren loodsen liggen opgestapelde bouwmaterialen en losse balken. Achter de ramen van lage bakstenen gebouwen zie ik rijen lege bureaus. Een vrachtauto met oplegger draait van af een fabrieksterrein langzaam de snelweg op. De gebouwen en fabriekjes op het industrieterrein aan weerskanten van de weg staan los van elkaar, leven op zichzelf, verzonken in produktie. Zo naast en achter elkaar gelegen, aan wegen en inritten, imiteren zij een stad zonder centrum, zonder kern. Ieder voor zich. Samen met hun produkten zullen zij eens verdwijnen, niets achterlaten dan een kale vlakte. Nee, dit landschap heeft geen enkele consistentie. Mensen leven er zonder te kijken, hun handen verrichten de noodzakelijke handelingen tot zij weer naar huis kunnen, terug naar de bescherming en orde van hun interieurs.

En hoog boven deze chaotische bebouwing lopen de draden van elektriciteitsmasten als strakke notenbalken in de richting van de stad, de compacte flatblokken aan de einder. Niets dan het licht houdt dit uitzicht bijeen. Geen enkele samenhang. Het verbijstert mij dat mensen dat niet zien. Dat iedereen dit landschap klaarblijkelijk voor vanzelfsprekend houdt.

De pianist begint nu aan het snelle slotdeel van de sonate. Marion fluit het steeds terugkerende thema zachtjes mee. Aan beide kanten van de snelweg verrijzen nu schuin oplopende wanden van geribd ijzerplaat. Een bord wijst met een pijl naar rechts. 'Gevaarlijke stoffen'. Even later rijden we een tunnel binnen. Mijn lichaam verstrakt. Ik kijk opzij. Marion heeft haar lichten ontstoken en ze duikt inderdaad een beetje in elkaar. Even is al het landschap verdwenen. Ook de muziek dringt niet meer door het beton heen dat boven ons het water van het Noordzeekanaal draagt. Het uiteinde van de tunnel komt op mij af. Dan wervelt de muziek in wilde vervoerende arpeggio's opnieuw de auto binnen.

'Prachtig,' zegt Marion als de muziek is afgelopen. Ze zet de radio uit.

De weilanden, de bomen en de sloten hebben nu definitief plaats gemaakt voor rijen flats, soms afgewisseld met lagere huizen van vroegere datum. De hoeveelheid tekst op borden en winkelramen neemt toe. Mensen staan te praten op een geschoren grasveld tussen twee flats. Ze lijken zich volkomen op hun gemak te voelen. Niets in hun gedrag wijst erop dat zij zich van hun omgeving bewust zijn.

'Verbazingwekkend,' zeg ik.

'Wat?'

'Dat al die mensen zich zo gedragen, zo immuun lijken voor al die opschriften en teksten om hen heen.'

'Ze wonen hier. Dan zie je dat op den duur niet meer.'

'Dat bedoel ik. Hoe ze zich hier thuis voelen.'

Even heb ik het gevoel dat we de Langevoortlaan van de verkeerde kant binnenrijden, dat de kleine villa van rode baksteen aan de andere kant van de weg behoort te liggen. Dan vloeit het innerlijke beeld weer in het uiterlijke.

'We zijn er,' zegt Marion.

In de serre staat de vertrouwde vingerplant en de sierpalm met zijn spichtig uitstaande bladeren. Als we uitstappen zie ik de buren links naast elkaar in hun erker staan. Een oude man en een oude vrouw met grijs haar. Ze steken wuivend hun hand op. Ik herken ze, maar echt willen ze niet worden. Als ze hun handen langs hun lichaam laten zakken nemen ze meteen weer de houding van etalagepoppen aan.

Voorzichtig loop ik over de tegels van het tuinpad achter Marion aan. Ik ben blij dat ik de naam van die struik in de rechterhoek van de tuin ken. Rododendron. Zo'n prachtig woord geeft de blik houvast. Ik begrijp niet waar die ontroering toch steeds uit opwelt.

Als Marion de voordeur opendoet snuif ik de lucht van het huis luidruchtig in mij op.

'Het is alsof je van vakantie terugkomt, hè,' zegt Marion. 'Dat gevoel.'

Ik knik, maar zo is het niet. De lucht is mij volkomen vreemd. Niet aangenaam, maar onbekend.

'Ja,' zeg ik. 'Dat verbaasde me altijd al zo. Dat je die lucht pas rook als je een tijd weg geweest was. Anders nooit.'

Als ik door de gang naar de kamer loop, heb ik daarom het gevoel alsof ik mijn verleden weer opneem. De kamer is de kamer die ik altijd zo gekend heb, maar de herkenning lijkt niet van binnen uit te komen maar als een soort onderschrift bij een foto. Of zoals in het Electrospel. Ik blijf midden in de kamer staan, neem de overvolle boekenkast, het witte lege bureau in de achterkamer, de canvasbank en de tafel met zijn vier stoelen met rechte ruggen in mij op, zoals ik de catalogus van een meubelwinkel zou bekijken.

'Waar denk je aan?' Marion slaat haar armen om mij heen. Ik voel haar zachte blonde haar langs mijn wang schuiven.

'Het is gek,' zeg ik. 'Ik kan me niets van het recente verleden te binnen brengen. Maar soms komt er ineens iets van lang geleden naar boven drijven. Weet je nog dat we voor Wouter zo'n Electrospel hadden gekocht?'

'Vaag. Dat moet minstens tien jaar geleden zijn.'

'Ik zie het nog zo voor me. Je had kaartjes met woorden erop die je onder de desbetreffende afbeelding moest leggen. "Sleutel" bij sleutel. "Autoped" bij het plaatje van een step. Dan had je twee draadjes met stekkertjes eraan die je in gaatjes in de doos moest steken. Als de combinatie woord-beeld klopte ging er een lampje in de doos branden; een rood lampje.'

'Maar hoe bedoel je,' zegt ze aarzelend en loopt naar de serre. Ik volg haar, ga in een van de marineblauw gespoten rieten stoelen zitten.

'Ik weet dat ik in beelden spreek. Maar anders gaat het niet. Zo was het. Ik kon geen contact meer maken. De dingen waren om mij heen, ik wist hoe ze heetten, maar daartussen, die brug, ontbrak.'

Marion zit tegenover mij en kijkt me met haar bleekblauwe ogen aan. Ze wil me zo graag begrijpen, maar ik weet dat het niet kan. Daarom streel ik zachtjes haar hand. 'Het valt niet te begrijpen,' zeg ik troostend.

Ze schudt met gebogen hoofd haar haar voor haar gezicht heen en weer.

'Niet doen,' zeg ik. 'Ik wil je gezicht blijven zien.'

'Ik ben hier toch,' zegt ze en kijkt me met een glimlach tussen haar neerhangende haar aan. Ze staat op en zegt dat ze koffie gaat zetten.

Ik sta ook op, wil haar volgen, maar blijf dan bij de in de boekenkast ingebouwde pick-up staan. Ik zoek tussen de platen tot ik de doos met pianosonates van Haydn gevonden heb. Ik haal er een plaat uit en zet hem op. Ik druk de toetsen van de versterker in alsof ik nooit anders gedaan heb. Handelingen die iets teweegbrengen, een zacht ruisen als uit een oude radio en dan plotseling staat de heldere pianomuziek midden in de kamer. Ik maak een paar danspasjes op de maat van de muziek. Mijn lichaam accepteert mij volledig. Wiegend kijk ik om mij heen. Het gevoel hier te gast te zijn wil maar niet wijken.

Marion komt terug met de koffie. Dat wil zeggen: tot mijn onbeschrijfelijke vreugde betreedt zij met een wit dienblad in haar handen de kamer. Heringetreden. Mijn handen trillen als ik het kopje aanpak.

'Ben je moe?'

Ik schud mijn hoofd en loop met de koffie naar de serre. 'Nee, moe niet,' zeg ik, 'maar het is zo lullig dat ik je niet vertellen kan waar ik al die tijd geweest ben.'

'Je moet je niet inspannen. Het voornaamste is dat je weer hier bent.'

Langzaam drink ik mijn koffie en kijk naar haar. Al kijkend raak ik steeds meer met haar getrouwd. Of weer opnieuw.

'Wat kijk je?'

'Het is zo heerlijk om naar je te kijken.'

De plaat slaat met een tik af.

'Omdraaien,' vraagt ze.

'Nee, laat maar,' zeg ik.

'En Wouter. Heb je het die verteld?'

'Woensdag pas. Voor die tijd zei ik maar dat je voor de zaak op reis was.'

'En op de uitgeverij?'

'Ze waren allerliefst. Ze zijn alle dagen langs geweest, hebben me moed ingesproken.'

'Maar Wouter,' zeg ik. 'Hoe reageerde hij?'

'Het is een rare. Als er iets ergs gebeurd is sluit hij zich af. Hij zal zo wel komen.'

''t Is vreemd,' zeg ik. 'Ik hoor je vertellen en het is alsof het over een ander gaat, alsof het een verhaal is.'

Ze kijkt me aan. 'Gisteren dachten we echt dat je niet meer leefde.' Ze balt haar handen tot vuisten. 'Jezus, wat ben ik blij!' Ze staat op en kust me, hard en wild, ik voel haar tanden tegen de mijne botsen. Desondanks dringt haar kus niet echt tot me door. Haar hartstocht stemt mij een beetje troosteloos.

Ik draai mijn hoofd af. 'Daar is Wouter.'

Eerst zie ik een fietsstuur de omkadering van de erker binnenschuiven. En dan Wouter in een donkerblauw trainingspak. Hij heeft zijn haar laten knippen, dat nu bros en kort op zijn schedel staat. Ik wuif, maar hij bukt, alsof ik iets naar hem gooi. Dan begrijp ik dat hij bezig is zijn fiets op slot te zetten. Ik wil opstaan, hem opendoen.

'Laat maar,' zegt Marion. 'Hij heeft de sleutel.'

Er komt een jongen met een hockeystick de kamer binnen. Hij heeft afstaande oren en zijn boventanden staan een beetje naar voren. Zijn gezicht is smal en hij kijkt mij peinzend aan. Veel mensen zeggen dat hij op mij lijkt. Er is geen twijfel mogelijk. Dit is Wouter, mijn zoon.

'Gewonnen,' vraag ik.

Hij zet de hockeystick in een hoek van de kamer en loopt op ons toe. Marion staat op. 'Ga hier maar zitten,' zegt ze. Ze loopt weg alsof ze opeens iets heel dringends te doen heeft.

Wouter gaat onhandig tegenover mij zitten, net of hij last van zijn knieën heeft.

'Waar ben je al die tijd geweest?' Zijn stem klinkt dwingend en angstig tegelijk.

In een kinderachtig gebaar spreid ik mijn handen. 'Geen idee.'

'Maar je weet toch wel waar je geweest bent?'

'Nee,' zeg ik. 'Je vindt het misschien gek maar dat weet ik nu juist niet.'

Hij zwijgt, kijkt naar de rouwranden onder zijn nagels. Dan kijkt hij mij aarzelend aan.

‘Ben je alles vergeten dan,’ vraagt hij ongelovig.

‘Misschien,’ zeg ik. ‘Ook dat weet ik niet zeker.’

‘Maar je kunt er toch niet niet zijn geweest?’

Hij is intelligent, Wouter. Hij probeert te begrijpen wat er met zijn vader gebeurd is. Het verdriet van zijn moeder de afgelopen tien dagen moet toch een reden hebben. Maar ik kan hem die niet geven. Het zou mij niet verbazen als hij zo direct kwaad op mij wordt.

‘Herinner je je dat Electrospel nog dat we een keer voor je verjaardag hebben gekocht?’

Hij schudt zijn hoofd.

‘Een jaar of tien geleden. Je kon nog niet lezen. Je moest kaartjes met woorden erop op plaatjes leggen. “Koe” op koe, “schuur” op schuur. Als je het goed deed en de stekkers in de gaatjes onder in de doos stak begon er een rood lampje te branden. Als dat gebeurde klapte je in je handen van plezier. Zo, met je handen boven je hoofd. In het begin deed je maar wat, maar na een tijdje wist je precies welk woord bij welk plaatje hoorde. Feilloos. Of het al echt lezen was weet ik niet, maar je kon het wel in ieder geval. Het zag er wel zo uit. Weet je dat niet meer?’

‘Nee,’ zeg Wouter. ‘Het is te lang geleden. Ik was nog te jong om het me te kunnen herinneren. Maar wat heeft dat...’

Ik onderbreek hem met een begrijpende knik van mijn hoofd. ‘Ik begrijp wat je wilt vragen. Maar zo iets is er de afgelopen tijd met mij gebeurd. Daar doet het tenminste het meeste aan denken. Je ziet een ding, ook het woord ervoor weet je, maar je kunt die twee niet meer bij elkaar brengen. Het zijn gescheiden werelden geworden. Beter kan ik het niet uitleggen.’

Ik zou moeten gaan liggen. Ik sta op en loop op Marion toe, die net de telefoon op de haak legt. Ze heeft een betraand gezicht.

'Ik ga even liggen denk ik,' zeg ik.

'Kom.' Ze pakt mijn hand alsof ik een kind ben, alsof ik de kleine Wouter ben die naar bed gebracht moet worden.

In de deuropening kijk ik nog een keer om naar mijn zoon. Hij heeft zijn benen over elkaar geslagen. Ja, hij lijkt op mij. Sprekend zelfs.

'Gewonnen,' vraag ik.

'Net niet,' zegt hij.

Boven aan de trap laat ik Marions hand los. 'Nu kan ik het verder wel alleen,' zeg ik.

Even meen ik beneden nog stemmen te horen; een gedempt gesprek dat langzaam wegsterft. Dan begint het dalen, het donker in, mijn schaatsen tegemoet die daar al zo lang klaar liggen, daar op de bodem op mij te wachten liggen.

Daar ga ik, de stille vlakte op. Alleen op het pikzwarte ijs. Onderweg. In de verte de stille rietkragen. De overkant. Van links naar rechts, van rechts naar links. De scherpe ijzers zingend over de keiharde ijsvloer. En daaronder die donkere begeleiding van uit de diepte. Links, rechts. Rechts, links. Onderweg. Steeds verder, steeds verder van mij vandaan.